AS SOBRAS DE ONTEM

MARCELO VICINTIN

As sobras de ontem

2ª reimpressão

COMPANHIA DAS LETRAS

Copyright © 2020 by Marcelo Vicintin

Grafia atualizada segundo o Acordo Ortográfico da Língua Portuguesa de 1990, que entrou em vigor no Brasil em 2009.

Todas as citações do livro *Às avessas*, de Joris-Karl Huysmans, foram retiradas da tradução de José Paulo Paes (São Paulo: Penguin Classics Companhia das Letras, 2011). A citação de *O Leopardo*, de Giuseppe Tomasi di Lampedusa, foi extraída da tradução portuguesa de José Colaço Barreiros (Alfragide: Dom Quixote, 2016, 2. ed.).

Capa
Alceu Chiesorin Nunes

Imagem de capa
Flamingos (2013), de Ana Elisa Egreja, óleo sobre tela, 190 × 250 cm.
Coleção particular

Preparação
Márcia Copola

Revisão
Camila Saraiva
Angela das Neves

Os personagens e as situações desta obra são reais apenas no universo da ficção; não se referem a pessoas e fatos concretos, e não emitem opinião sobre eles.

Dados Internacionais de Catalogação na Publicação (CIP)
(Câmara Brasileira do Livro, SP, Brasil)

Vicintin, Marcelo
  As sobras de ontem / Marcelo Vicintin. — 1ª ed. —
São Paulo : Companhia das Letras, 2020.

  ISBN 978-85-359-3335-2

  1. Ficção brasileira I. Título.

20-33894   CDD-B869.3

Índice para catálogo sistemático:
1. Ficção: Literatura brasileira B869.3

Cibele Maria Dias — Bibliotecária — CRB-8/9427

[2020]
Todos os direitos desta edição reservados à
EDITORA SCHWARCZ S.A.
Rua Bandeira Paulista, 702, cj. 32
04532-002 — São Paulo — SP
Telefone: (11) 3707-3500
www.companhiadasletras.com.br
www.blogdacompanhia.com.br
facebook.com/companhiadasletras
instagram.com/companhiadasletras
twitter.com/cialetras

O melhor momento das pessoas é quando elas estão subindo ou descendo. No topo, todos ficam chatos.

Jorge Guinle

1

Por que não beber pela manhã? Do ponto de vista biológico, qual a diferença entre tomar vinho de manhã ou no resto do dia? Nenhuma. A única razão que posso encontrar para meu desconforto é um certo pudor pequeno-burguês, um senso de dever; *não é adequado turvar os sentidos antes de realizadas nossas tarefas para com a sociedade*. Que mediocridade. Desde quando aceitamos ditames civilizatórios de garçons e dentistas e feirantes e recepcionistas? Que funda pirambeira descemos desde os tempos em que nossos antecessores declaravam, despretensiosamente: *"L'État, c'est moi"*.

De qualquer modo, na minha condição atual, não restam lá muitas tarefas a realizar. Sinceramente, nem tenho certeza se ainda é *manhã*. Talvez eu fique mais um pouco aqui, soterrado na massa informe que se tornou meu lençol de mil fios, o edredom de plumas de ganso, meus travesseiros, muito mais travesseiros do que uma pessoa razoável teria. Vai demorar para me acostumar com isso tudo novamente.

Eu me imaginei numa manhã porque acabei de acordar,

mas essa associação entre o momento em que acordo e o raiar de um novo dia me parece um tanto estranha agora. Não nasci acreditando que o mundo só acorda quando eu acordo. Isso veio muito mais tarde, quando eu estava no topo, e era o que de fato acontecia.

Por boa parte da minha infância, acordar era mais como atravessar uma porta que ligava dois ambientes de tamanho parecido mas frequentados por pessoas diferentes e regidos por leis diferentes. Um era mágico e assustador; o outro era previsível, confortável, habitat natural dos meus pais e seus amigos.

A passagem entre esses ambientes não se dava através de uma porta comum, com sua chapa basculante de madeira, mas através de uma dessas portas-cortinas que não se veem mais; aquelas formadas por um monte de cordinhas penduradas chegando até o chão, trançadas com pedaços de madeira no formato de pequenas bolas. Passar por elas fazia barulho, e não era possível atravessá-las correndo, nem mesmo de olhos abertos. Era muito bom acordar naquela época.

Essas portas mágicas entre o mundo do sono e o da vigília eram tudo, menos portas de verdade: não impediam a passagem de nada nem ninguém, nunca estavam fechadas nem abertas. Estavam lá apenas para demarcar uma fronteira imaginária.

Tive poucos amigos na infância e viajava muito, sempre cercado de adultos, amigos dos meus pais. Quando me sentia sozinho, eu convidava algum personagem dos meus sonhos para atravessar aquela porta-cortina comigo e me fazer companhia nas salas grandes e vazias onde às vezes ficava esquecido, esperando o final de um jantar ou batizado, recital ou missa ou coroação — sabe-se lá o que os adultos faziam por tanto tempo e com tanta frequência. Atravessávamos juntos aquela porta muitas vezes, até que esquecíamos de que lado estávamos, colorindo assim as salas vazias da minha infância com personagens imaginados e aventuras secretas. Éramos como refugiados ilegais, contrabandeados de um mundo alegre para um mundo tenso, pelo prazer da aventura em si. Definitivamente, era muito bom acordar naquela época.

Mas, assim como no meu mundo imaginado, as portas-cortinas entraram em extinção também no mundo real, em algum ponto dos anos 1990. Condições de mercado, violência urbana ou o uso continuado de remédios para dormir: cada porta-cortina culpou um algoz, mas o fato é que elas foram gradualmente substituídas por comportas de aço, como as dos submarinos, do tipo que requer um enorme esforço para abrir. Foi uma dessas que tive de atravessar hoje ao acordar. E estou exausto, de novo.

Mesmo com os olhos fechados, é impossível ignorar a luz do sol entrando por um milhão de frestas dos rodapés e das janelas mal vedadas e por uma cortina malevolente que termina cinco centímetros antes de encontrar o chão. Sendo realista, preciso admitir que provavelmente já não é tão cedo assim.

Beckett abria um de seus livros com a frase "O sol brilhava, sem alternativa, sobre o nada de novo". Pois bem, toda noite eu dou ao sol uma bela alternativa: não entre na porra do meu quarto. Respeite a janela emperrada, a cortina curta e a porta empenada como sinais das minhas ambições de sarcófago e não entre. Infelizmente, o sol é como um pedófilo velho: não resiste a nenhuma fresta. Sempre acha que do outro lado vai encontrar sua Lolita, óculos de sol e biquíni, pronta para o bronze. Mas hoje, querido invasor, hoje não é seu dia. Por aqui, apenas o "nada de novo": eu, a cama, duas fotografias ridículas que um dia achei que me alçariam à casta dos "colecionadores de arte", uma pilha de revistas, uma poltrona de couro marrom transformada em cesto de roupa suja e meia garrafa de um Malbec honesto.

Tanto faz se é manhã ou não. O tempo só conta quando nos leva a algum lugar. Ainda bem que faz frio — odeio acordar suado.

Tive uma amiga esnobe que adorava uma frase de efeito. Um dia, me encontrou triste e um pouco desgrenhado, e disse:

"*Stressed, depressed, but always well-dressed, darling*". Aquilo não me alegrou, mas transformou meu desânimo improdutivo numa melancolia muito particular, quase virtuosa. Estar bem-vestido, me apresentar com aprumo para um mundo que me despreza, atenua em muito a disparidade de poder entre desprezantes e desprezado. E essa é uma arma que eu sei usar muito bem.

O primeiro passo para o *well-dressed* será em frente à pia, e o caminho até ela passa perto da garrafa de Malbec. Mas não faz sentido beber agora se vou escovar os dentes em dois minutos.

Se ainda restava alguma dúvida de que não estamos mais numa manhã, minha incursão ao banheiro serviu para descartar a hipótese: a luminosidade combinada de sete sóis escorchantes chegou aqui muito antes de mim; veio passear pelas superfícies brancas e se ver multiplicada nos espelhos deste toalete temporariamente travestido de reator nuclear superaquecido.

Essa luz histérica já me cegou muitas vezes e provocou uma dor de cabeça fraca mas persistente. Não mais. Faz mais ou menos uma semana que passei a usar óculos escuros para escovar os dentes. Por que nunca ouvi falar de alguém que fez isso antes? Além do benefício óbvio de afastar uma dor de cabeça perfeitamente evitável, óculos escuros, pijama de algodão inglês e robe de *pois* combinam. *Well-dressed indeed, Egydio, well-dressed indeed.*

Sorrir para o próprio reflexo no espelho é uma das atitudes mais boçais que um ser humano pode tomar. Difícil explicar por que alguém como eu faria uma idiotice dessas. Talvez ainda esteja um pouco bêbado de ontem, mas não é só isso. Tem algo mais que me anima hoje.

Quando disse que não tenho mais tarefas a realizar, eu menti: hoje, excepcionalmente, tenho uma missão, e era essa lembrança repentina que se escondia atrás do estranho sorriso matinal. É verdade que a missão em si não é algo que me causaria muita expectativa há alguns anos, mas, levando em conta as restrições atuais, meu dia promete ser agradavelmente movimentado.

A ideia me veio ontem, quando assistia a um filme que fazia mais de dez anos que não via. Tenho testado os limites da minha coleção de DVDs ultimamente: dois, três, algumas vezes quatro num único dia. Nunca fui um cinéfilo dedicado, mas a falta de alternativas tem me transformado num deles.

Aquele filme do Buñuel, *El ángel exterminador*, se passa no palacete de um aristocrata espanhol, que convida alguns amigos para um banquete após a ópera. Depois de comer, todos passam para um grande salão, onde conversam animadamente e escutam uma peça de piano que é tocada por uma das convidadas.

Quando o recital termina e todos parecem prontos para ir embora, os convidados misteriosamente sentam-se mais uma vez em suas poltronas e sofás e lamentam entre si a impossibilidade de deixar o salão. O palacete continua igual; atrás do piano é possível ver a porta de entrada aberta e das janelas se vê a rua. Não existe nenhum obstáculo físico que impeça o grupo de sair. Os funcionários da casa, depois de recolherem os últimos pratos da mesa de jantar vazia, deixam o local sem dificuldade. Mas o grupo de convidados permanece ali. Inexplicavelmente preso.

Da primeira vez que vi o filme, a situação me pareceu meio idiota, e confesso que não lembrava de mais nada depois desse ponto, porque nunca tive muita paciência para os enredos surrealistas. Vou continuar acompanhando para quê, se um elefante voador pode entrar em cena a qualquer instante e esmagar a todos sem nenhuma explicação?

Mas, ontem, aquela situação não me pareceu idiota, nem mesmo surreal. Aquela era exatamente a minha situação. Eu também estou preso, sem nenhuma barreira física me impedindo de sair. Todo dia, vejo com uma ponta de inveja meus funcionários saindo e voltando, exibindo sem pudor suas liberdadezinhas mal aproveitadas, e lembro do que dizia Axël, Villiers de l'Isle-Adam: "Viver? Nossos criados farão isso por nós". O vinho já começava a arder meu estômago, mas de repente o filme me parecia interessante demais para ser interrompido.

Aquele cenário, inicialmente tão pomposo, vai se tornando sombrio. O impasse se arrasta por dias e os convidados seguem acampados no salão. Aos poucos, todo o verniz social desaparece. As roupas transformam-se em trapos, os penteados se desfazem, as conversas viram xingatórios e os cantos do salão, latrinas. Desesperados por água, eles quebram uma parede em busca do encanamento. Algum tempo depois, começam as tentativas de assassinato e de suicídio.

Quando tudo parece irremediavelmente corrompido, uma das convidadas sugere que retornem às posições onde estavam assim que entraram no salão e retomem a primeira conversa. Isso os faz perceber que não estão presos e que podem sair da casa, se quiserem.

O incômodo de assistir a esse filme foi quase físico, e me parece urgente entender melhor o que se passou naquele palacete madrileno.

CONVIDADO 1   Agora é sério. Estão apagando as luzes!
CONVIDADO 2   Chegou a hora de tomar uma decisão. Precisamos ir. Se os outros estão loucos ou bêbados, que fiquem.
CONVIDADO 3   Mas isso é totalmente inconcebível!
Sentam-se todos num sofá.

Desde que fui preso, eu também estou lutando contra minha própria indigência. Também estou lentamente perdendo minha polidez, minha *verve*, que já me foram tão características. É humilhante reconhecer, mas ultimamente minhas grandes preocupações estão ligadas a assuntos deveras fascinantes, como a periodicidade ideal para troca da escova de dentes (qual o melhor indicador, a perda de cor das pontas azuis ou o gradual espalhamento das cerdas?) ou as diferenças de durabilidade de lâmpadas 127v e lâmpadas 220v. Outro dia me flagrei escrevendo um e-mail de reclamação ao fabricante por acreditar que um de seus produtos anda piscando demais.

Na semana passada, esvaziei uma estante de livros inteira apenas para checar minha paranoica hipótese de que ali atrás poderia haver uma infiltração. Não havia. Quanto tempo mais até que eu comece também a quebrar paredes procurando canos imaginários?

Se a prisão tradicional tende a deprimir, a domiciliar é um convite perigoso à loucura. A cada dia, quando chegam em casa, meus empregados encontram uma versão mais selvagem do patrão; meus bons-dias foram se transformando lentamente em grunhidos. Já consigo imaginar os surtos de raiva assassina e suicida. O clímax parece próximo. E até ontem eu estava quase desejando que chegasse logo.

Mas então, vendo aquele filme estranho, algo novo apareceu no mar morto da minha cabeça. Uma ideia capaz de tornar as semelhanças entre o filme e a minha vida um pouco mais animadoras: talvez a fórmula deles funcione para mim também. Talvez tudo que eu precise para me libertar seja voltar à minha posição inicial, revisitar minhas influências, minhas escolhas, refazer meu caminho até aqui. Talvez, assim como aos aristocratas madrilenos, isso também me liberte. Eu preciso voltar à era de ouro deste apartamento e reencenar um grande jantar de gala, como se nada tivesse acontecido. É fundamental reencontrar minha posição inicial no mundo, mesmo que só por uma noite.

Quando eu tiver escalado a pirambeira de onde despenquei, a vista lá de cima há de explicar o que hoje me foge aos olhos e me desafia a lógica. Teria feito isso ontem mesmo, se não estivesse bêbado demais para pensar em linha reta. Não faz mal. Faço agora.

Minha sala está mais escura do que o quarto, mas não tenho pressa de tirar os óculos; estou confortável aqui dentro. As persianas inclinadas listram de preto a vista dos meus janelões: o imenso tapete verde do Jardim Europa e do Jardim América, com suas ruas redondas separando dois exércitos de alvenaria; de um lado, os palacetes neoclássicos e casarões coloniais defendendo o Ancien Régime, agrupados em torno da Sociedade Harmonia de Tênis; do outro, as *über* casas de aço, vidro e madeira, lentamente ganhando terreno na paisagem que parece sempre imóvel. Bem no meio, a torre solitária e bege da igreja São José, como um farol distante, piscando para me lembrar de onde vim e para onde estou proibido de voltar.

Faróis têm essa peculiaridade; servem para chamar a atenção do navegante ao mesmo tempo que pedem para ser evitados: "Embaixo dessa luz branca que pisca tão calmamente, escondo um rochedo perigoso, em litígio permanente com o mar; uma briga cheia de espumas e espirros que já rasgou tantos cascos e engoliu conveses inteiros no breu das noites de travessia".

Antes de empestearmos nossos céus com satélites e nossos barcos com sistemas de navegação eletrônicos, eram as estrelas que apontavam a direção no mar. Mas as estrelas nunca foram boas em apontar os rochedos ou os bancos de areia escondidos no caminho. Para isso construímos os faróis, nossas próprias estrelas, e as fizemos piscantes para diferenciar nossas criações das estrelas originais.

Ao contrário dos faróis marítimos, o campanário da igreja São José pisca de dia mesmo, como resultado do reflexo da luz do sol na enorme cruz de alumínio, fixada no topo da torre. À medida que caminho pela minha sala, o sol vai fustigando a lateral metálica da cruz de cima a baixo, e por duas vezes ao longo do meu percurso seus raios são rebatidos no ângulo exato dos meus olhos. Qual a probabilidade de isso acontecer? Nenhuma. É uma zombaria velada. *Venha aqui, se for bom mesmo...*

Todo dia acordo e observo a torre da São José com um misto de irritação e desprezo. A primeira coisa que vou fazer quando me livrar da tornozeleira eletrônica será implodir aquela torre de merda. Mas esse é um plano de longo — longuíssimo — prazo. Retornemos à tarefa em mãos.

> ANFITRIÃO   Estou confuso! O que está acontecendo? Por que não partem? Não sei como chegamos a isso. Tudo tem limites.
>
> ANFITRIÃ   Não sei o que te dizer. Mas temos de oferecer café da manhã. Depois, certamente, vão para casa.

Planejar um banquete, um jantar de gala, pode parecer trivial para quem nunca planejou um, mas garanto que não é. E não estou me referindo às dificuldades que sem dúvida surgem da minha peculiar situação. Antes de pensar no lado prático de um evento desses, é importante levar em consideração o lado mais, digamos, filosófico da coisa. Todo banquete necessita de contexto. Não é tanto um jantar quanto um ritual, e me parece natural começar refletindo sobre meus últimos anos. De quais fantasmas eu preciso me purgar entre pratos, pratas e cristais?

Ao longo dos últimos sete anos e três decoradores, minha sala viu uma enorme quantidade de sofás e cadeiras e esculturas e mesinhas passearem sobre seus tacos de madeira e tapetes persas — que também mudaram de lugar outras tantas vezes. Muito antes de me ver confinado por lei aos limites deste apartamento, eu já cuidava dele com esmero de maquetista. Como tantos outros apreciadores do decadentismo francês, também não escondo minhas pretensões de morar como morou um dia Des Esseintes; cercado por acervo e mobiliário imemoriais, "para o deleite de seu espírito e alegria de seus olhos, algumas obras sugestivas que o transportassem a um mundo desconhecido, desvendando-lhe os rastros de novas conjecturas, sacudindo-lhe o sistema nervoso com histerias eruditas, pesadelos complicados, visões lânguidas e atrozes".

Em todas essas configurações, apenas uma poltrona — a minha preferida — sempre esteve no mesmo lugar. Eu gosto dela porque é uma Charles Eames original, de 1959 (na minha família desde 1963), e porque é a única cadeira aqui que não olha para nada. Não quero distrações eruditas nem visões lânguidas neste momento.

Não me faltou tempo para reflexões nos últimos meses, me faltou um estado de espírito adequado para isso. Estar de volta a este apartamento ajuda, mas o principal catalisador de reflexões é mesmo esse vazio de vontades que sinto por não ter mais muitas escolhas a fazer. Tudo foi decidido. À minha revelia na maioria das vezes, mas foi decidido. Não cabem mais recursos.

Por um tempo, tive medo deste momento, tive medo da depressão e da impotência. O que sinto na verdade é uma indolência, como a de um rio calmo, que parece nem ter correnteza mas que está, sim, se movendo em alguma direção. Para onde o rio corre? Agora que não tenho mais nenhuma grande decisão a tomar, posso pensar com calma, com desapego, em tudo que se passou comigo.

Li em algum lugar sobre o paradoxo da escolha: seja qual for o assunto, ter algumas opções é melhor do que não ter opção nenhuma, mas ter muitas opções é pior que ter apenas algumas. Muitas opções travam a pessoa e geram uma ansiedade típica de quem acha que não fez a melhor escolha. Nunca fazemos a melhor escolha.

Agora multiplique esse paradoxo das muitas opções pelos infinitos assuntos que me interessam, ou pelos quais fui obrigado a me interessar, e adicione meus trinta e oito anos como tempo de ponderação. Esse é o universo que devo visitar agora.

Minha alma parece vir de bem longe, divagando por todas essas alternativas e por seus desdobramentos reais e potenciais, atraída pelo piscar insistente do farol no topo da igreja São José. Vou precisar de um certo tempo olhando para o nada para que ela me encontre de volta aqui, na Charles Eames, no centro da minha sala ensolarada. Talvez o Malbec ajude na espera.

Uma convidada fuma sozinha, entediada, num canto da sala e decide arremessar o cinzeiro contra uma das janelas do palacete, fazendo grande barulho.
CONVIDADO 1   Que foi isso? Deve ser algum judeu que passou pela rua...
ANFITRIÃO   Não. Foi Valkyria.
CONVIDADO 1   Que mulher fascinante!

Qualquer olhar que eu lance para minha vida pregressa vai esbarrar primeiro num evento em especial, que sobressai aos demais — como um aluno repetente se destaca dos colegas na fotografia de classe.

Parece inevitável começar essa contextualização naquela madrugada de segunda-feira, nas batidas ocas na porta do meu apartamento e nos sete policiais armados.

A chegada dos policiais em si não era uma surpresa àquela altura. O que me surpreendeu naquela manhã foi a natureza do mandado: não era busca e apreensão, como tinham prometido os advogados, mas um mandado de prisão. Em meu nome.

Foi seguramente o texto mais enigmático que já li, mesmo competindo com as edições monásticas, em latim corrompido, de Petrônio e Tertuliano, que ganhei de um tio distante. As frases pareciam ter uma gramática impossível: aquela abundância de palavras destacadas, "JUSTIÇA FEDERAL... DESPACHO/ DECISÃO... A pedido do MPF, deferi pedido de PRISÃO PREVENTIVA de EGYDIO BRANDOR POENTE... autorizo que a Autoridade Policial ingresse na residência...". Essas palavras não pareciam formar frase nenhuma. Eram como dialetos bárbaros, "cujas turbas se apinhavam junto às portas do Império, fazendo seus gonzos estalarem, com seus fogos todos acesos pela obscuridade em que se engolfa o mundo".

Mas havia uma coisa ali que, infelizmente, fez sentido. Um parágrafo que começava com meus dados pessoais, profissão, endereço, estado civil e, no final, esperando cautelosamente a chegada do meu olhar já desarmado e confuso, mencionava: "FILIAÇÃO: Roberto Brandor Poente e Maria Cecília Brandor Poente". Três linhas acima das palavras "Autoridade Policial". Cinco linhas abaixo da palavra "Prisão".

Já se passaram quase dois anos daquele dia, mas ainda não sei explicar o que mudou em mim quando percebi que tinha arrastado o nome de meus pais para um mandado de prisão.

Algumas pessoas querem ser fonte de orgulho para os pais. Outras querem confrontá-los, provar que eles estão errados; outras ainda querem fugir deles. Mas não posso imaginar que alguém queira ver seus pais citados num mandado de prisão. Por trinta e seis anos, ouvi deles e repeti para eles o mantra de que eu tinha a responsabilidade de levar à frente o legado da minha família. Depois daquele dia, esse mantra me parecia uma piada suja, rabiscada num banheiro de posto de gasolina.

Aquela manhã nasceu com uma quantidade alarmante de olhos. Três carros pretos da Polícia Federal são suficientes para atrair uma pequena multidão, mesmo às sete da manhã. E cada pessoa naquela multidão parecia trazer o mesmo par de olhos. Não vi ninguém sorrindo ou gesticulando, nada de ofensivo foi dito; mas os olhos, todos eles me desprezavam. Até os olhos de vizinhos, que correram em pijamas horríveis para ver o circo armado no lobby do prédio, até eles, que me conheciam bem, sempre amigáveis, prestativos, cordiais, até eles me odiavam com os olhos.

Os únicos olhos que não me massacravam naquela manhã eram os olhos verdes da Amélia, minha ex-futura esposa. Esses olhos se escondiam de mim. Mas eu sabia que por trás daquelas mãos branquinhas e daqueles anéis todos eles choravam em silêncio.

Eu estava nu em um mundo sem compaixão. Foi um violento — e eficiente — processo de compressão de ego. Quando anoiteceu, eu já não sentia mais vergonha.

Durante os dezoito meses, dois presídios e uma delegacia que se seguiram, o que mais senti foi raiva; e uma frustração crônica de quem é obrigado a jogar — e perder — infinitas partidas do mesmo tedioso jogo.

Minha peregrinação carcerária começou na sede da PF em São Paulo. Nos três meses que fiquei ali, dividia minha cela com um traficante, preso em Guarulhos com vinte e sete quilos de cocaína dentro de uma prancha de surfe. Enfim, um gênio.

Eu passava o tempo todo lendo meu processo e não falava muito com os outros presos. Era conhecido como O Empreiteiro e não reclamava da imprecisão do apelido. Melhor ser mais um empreiteiro preso do que ser o único empresário do ramo naval ali. Naqueles momentos, o anonimato era mais valioso que a liberdade. Tudo que eu mais queria era ser esquecido pela imprensa.

Então, numa tarde abafada qualquer, fui levado a um camburão escuro junto com quatro outros presos. É difícil descrever o desconforto de ser algemado com pessoas desconhecidas num porta-malas sem janelas de uma Blazer 1998 num dos dias mais quentes do ano. Lembro do trânsito intenso, da música sertaneja que os policiais escutavam, dos caminhões bufando fumaça na pista ao lado, do calor, do escuro. Não foi meu primeiro nem meu último passeio de camburão, mas foi o pior deles. Até então, eu não era muito familiarizado com a raiva. Dentre todas as maneiras de encarar a adversidade, essa sem dúvida me parecia a mais pobre. Sente raiva quem não sabe como revidar, quem não pode se dar ao luxo de formular uma vingança minimamente satisfatória, seja porque carece de poder e instrumentos para isso, seja porque não tem capacidade intelectual suficiente para antever os desdobramentos futuros possíveis da sua realidade adversa de hoje. A raiva é a prima histérica do desespero, sempre pronta para virar o tabuleiro no meio do jogo e chutar para longe todas as peças, na esperança de que a violência mascare sua estupidez. Sempre preferi o recuo ao chilique, a resignação aristocrática às mandingas dos ignorantes. Mas, naquele dia, eu era só mais um ignorante no mundo. Eu era ignorante e humilhado e raivoso — e jurei que iria matar todos aqueles policiais e delegados e procuradores e juízes. Um por um.

Mas a raiva, como um pavio de dinamite, tem vida curta, enquanto o trânsito de São Paulo atravessa gerações inteiras. Quando fui liberado para triagem num pátio cinza e apertado, minha raiva já tinha dado lugar ao cansaço; e esse cansaço logo deu lugar ao medo, porque, olhando à minha volta, ficava claro que algo tinha dado errado: fazia dois meses que meus advogados pediam minha transferência para o presídio de Tremembé — considerado uma exceção no sistema carcerário nacional, talvez o único que não sofre com a superlotação. Eu claramente não estava em Tremembé.

Fui jogado numa cela comum, com cinquenta outros presos. Mal cabíamos todos em pé ali. Olhei em torno e a primeira coisa que me veio à cabeça foi a cena de *O Mágico de Oz* quando Dorothy, olhando estarrecida para aquele mundo estranho à sua volta, diz: *"Toto, I have a feeling we're not in Kansas anymore"*.

Meses depois soube que esse procedimento é relativamente comum: às vezes parte de um juiz mais afeito ao sadismo, às vezes de um desejo da PF de purgar pecados de suas presas; mas o fato é que, em São Paulo, boa parte dos presos de elite passa por um pequeno batismo no Centro de Detenção Provisória de Pinheiros. Ali, na saída para a rodovia Castello Branco, um lugar por onde tantas vezes passei de carro, óculos escuros, distraído com planos para um fim de semana que se abria diante de mim. Bem ali. Nunca tinha notado esse presídio. *Not in Kansas anymore, Egydio.*

Já era noite quando cheguei à minha cela e antes de meus olhos entenderem aquele lugar, quando ainda viam apenas uma mancha de gente amontoada, um cheiro já me afogava. Proust escreveu que quando todo o resto desaparece, o cheiro e o sabor, como gotículas imateriais, permanecem por muito tempo guardando o que ele chamava de "o edifício imenso da memória". Proust felizmente não conheceu a cela 18H do CDP de Pinheiros. Se tivesse conhecido, não seria tão elogioso para o poder de lembrança que tem o olfato.

O cheiro daquela cela vai me acompanhar por muitos anos, mesmo se eu conseguir me livrar das imagens. Fezes, suor, margarina, café aguado, urina, mofo, alternados e agrupados, apresentando-se às vezes em dupla, às vezes todos juntos, remetiam a uma ideia de curral humano e me impediam de pensar claramente. Nunca fui tão burro quanto ali; simplesmente era incapaz de qualquer abstração. Pensava apenas em comer, mijar, ficar acordado, não respirar, esperar. E aquele estado de estupor ainda duraria sessenta e uma horas.

Estupro e tortura pairavam como auréolas sobre a minha cabeça loira. Essas coisas acontecem com frequência. E, sinceramente, se tivessem acontecido comigo, não sei se conseguiria admitir. Talvez negasse para mim mesmo. Sentia alguns olhares. Ouvia perguntas desconfiadas. Em parte, acho que fui salvo pelo meu próprio torpor: se conseguisse pensar normalmente, se constatasse a fragilidade da minha situação, talvez eu tivesse me traído, talvez tivessem me quebrado. Durei porque não sabia direito o risco que corria.

Meus três dias de CDP Pinheiros estão marcados na memória com a mesma intensidade que os dezoito meses que passei em Tremembé, quando finalmente consegui ser transferido. O medo é um poderoso modulador de tempo.

Somente duas coisas me marcaram em Tremembé: a sensação de estar preso num hospício, não numa prisão, e a falta aguda dos meus cigarros Gauloises.

Passar dezoito meses naquele lugar deve ter causado um impacto profundo na minha maneira de pensar. Não sei exatamente como, porque um louco, por definição, não pode estar consciente de sua loucura, mas suspeito que algo no meu processo cognitivo já não funciona tão bem depois daquela experiência.

Para um presídio de segurança máxima, Tremembé até que é arejado e estranhamente arborizado. Seu nome original era Fazenda Modelo Penitenciária. Mas são os presos, mais do que a estrutura, que trazem um ar de manicômio.

Entre seus trezentos detentos, Tremembé abriga pedófilos, estupradores em série, infanticidas e toda sorte de monstrinhos sobre os quais lemos aterrorizados nos jornais. O que os leva para lá, entretanto, não são os crimes em si, mas o fato de estarem estampados nos jornais: é a penitenciária dos famosos. E o que confere fama a esses criminosos? Depois de meses convivendo com a duvidosa *crème de la crème* da criminalidade nacional, suponho que seja a "normalidade" que a imprensa vê nos meus ex-vizinhos de cela que chama atenção. Quanto maior a semelhança — física, social, moral — entre o leitor do jornal e o criminoso em questão, maior a fama que o segundo alcança. Essa semelhança, bem como a proximidade que ela pressupõe, é insuportável para quem está do lado de fora da cadeia e, para tranquilizar o bom cidadão, enlouquecemos o criminoso: *eles parecem iguais a mim, mas na verdade são loucos.*

Basta isso para enlouquecer alguém: um consenso. Acho cômico, porque nada é mais comum neste mundo do que consensos estúpidos. Mesmo assim, basta que a população em geral — essa entidade medíocre por definição — acredite que alguém é louco, para que a pessoa passe a ser tratada, em todos os aspectos práticos, como louca.

Claro que entre o consenso e o atestado existem alguns procedimentos pseudocientíficos que conferem um ar menos amador ao processo, e esses procedimentos não são feitos em Tremembé, mas isso apenas isenta meus ex-colegas de cela de um diploma formal de loucura. As sentenças vieram muito antes, no momento do consenso original.

Quando alguém miserável ou viciado em drogas comete um crime, fica fácil nos distanciarmos do seu comportamento pensando que se trata de um monstro selvagem, de um erro no processo evolutivo humano, uma manifestação atávica dos nossos antepassados animalescos. Mas e se o crime é cometido por alguém com doutorado em física quântica? Um apreciador de Bach? Um pai de família exemplar, inexplicavelmente exposto como portador daquilo que Huysmans um dia chamou de "as chagas mais incuráveis, mais duradouras, mais profundas que são cavadas pela saciedade, pela desilusão, pelo desprezo, nas almas em ruínas a quem o presente tortura, o passado repugna, e o porvir atemoriza e desespera"? Quando todas as distinções sociais falham em nos diferenciar dos monstros ao redor, em vez de encarar a sinistra realidade de que o crime está em todos nós, preferimos buscar refúgio na única distinção que nos sobra: a sanidade mental. O criminoso pode parecer comigo, pode ser meu vizinho ou meu primo, mas certamente não *pensa* como eu. E assim se forma mais um consenso, disparando mais uma Blazer 1998 em direção a Tremembé.

Foi numa dessas caminhonetes que chegou Aref Jorge, uns dois meses depois de mim. Endocrinologista respeitado, com doutorado na Johns Hopkins, ele dominava os jornais desde que admitira ter envenenado um desafeto qualquer.

A primeira vez que o chamei de Ferdinando de Médici foi porque tinha esquecido seu nome. Não esperava que fosse entender a piada, muito menos que se ofendesse. "Médicis eram todos amadores. Envenenar com arsênico é vulgar e indigno. Se for me rebaixar aos florentinos, que pelo menos me chame de Catarina de Médici. Envenenamento tópico, dentro de luvas de couro. Isso eu posso respeitar." Aquele libanês de Perdizes tinha toda a empáfia de um rei Bourbon. A estatura também.

Ele aproveitou seu porte pequeno para se esgueirar pela rachadura de liberdade que inadvertidamente concedi e passou a me chamar de Patrick Bateman, o personagem de *American Psycho*. Eu não entendi a piada.

Não nos gostávamos muito, mas a falta de opção nos colocava frequentemente na mesma mesa do refeitório. O que mais me interessou naquela miniatura de Médici era o que ele não dizia. Discorria tranquilamente sobre o crime pelo qual estava ali, suas motivações, as suspeitas que tinha, a satisfação em constatar o resultado do plano. Também falava muito da alquimia do envenenamento, da facilidade que existe hoje em dia para encontrar os ingredientes necessários em qualquer farmácia ou loja de defensivos agrícolas, do que ele chamava de diferentes vetores do veneno, que poderia chegar à vítima das mais variadas maneiras, numa pomada, num desodorante, num perfume... E nesse ponto ele interrompia sua verborragia. Deixava no ar a clara impressão de que aquele envenenamento não fora o único. Mas quem mais? Por que os jornais não especulavam nada sobre isso? Os loucos dão as dicas, mas ninguém os ouve. Suspeitam sempre que um elefante voador aparecerá a qualquer instante e revogará a racionalidade de tudo que tiver sido dito até então.

Eu também era assim. Mas me submetia àquele teatro do absurdo porque isso me ajudava a esquecer, por alguns ótimos minutos, do *meu* veneno preferido e da falta que ele me fazia. Como senti saudades dos meus Gauloises sem filtro! Ao contrário do que acontece nos filmes, cigarros não são difíceis de conseguir em Tremembé. O difícil era conseguir *tabac français*...

No começo ainda peguei uns poucos maços com meu advogado, mas a decepção quando eles acabaram e eu tive de substituí-los por aquelas abominações mentoladas americanas foi tão grande que decidi me abster de cigarros até sair de lá.

Gauloises Brunes, "as morenas", são feitos da mesma forma desde 1910: o tabaco é curado em fogo baixo, não com aquecedores elétricos, o que defuma as folhas e garante uma tonalidade escura e um sabor áspero; a ausência de filtro permite que esse sabor todo chegue à língua intocado pelas diretrizes de algum burocrata medíocre que, em algum Ministério da Saúde mundo afora, acredita estupidamente ser possível deter o câncer com um pedaço de papel carimbado sete vezes em três vias juramentadas. O tabaco é enrolado em delicadas folhas de arroz, que queimam de maneira irregular pelo corpo do cigarro, imprimindo em tons de cinza, preto e marrom as curvas vacilantes do fogo, *comme il faut* em qualquer incêndio selvagem que se preze; e as baforadas tiram de mim, junto com a nicotina e o alcatrão, um pouco da saudade que ainda sinto dos tempos em que comecei a fumar Gauloises Brunes *sans filtre*.

No dia em que Amélia deixou de me visitar, Aref me encontrou num canto do pátio e fingiu não perceber meus olhos.

"Hoje vai ser duro ficar sem seus Gitanes."

"Gauloises, eu fumo Gauloises."

"Como queira, monsieur Bateman."

Três dias depois ele apareceu com cinco maços para mim. Presente de Natal.

Tremembé não é exatamente um lugar interessante e não quero gastar meu tempo rememorando aquele período sabático que não escolhi tirar. Basta dizer que sobrevivi para contar a história. E que, entre as histórias que tenho para contar, essa não é das melhores.

Quando finalmente minha pena foi reduzida e alterada para prisão domiciliar, a raiva dos primeiros meses tinha ido embora. O que sobrou foi o cansaço e uma vontade incontrolável de me distanciar dos últimos dezoito meses.

Deixei o processo na mão dos advogados. Não releio mais, não sublinho, não tomo notas. Ainda tenho que me reunir com eles duzentas vezes por semana, mas me recuso a seguir ruminando a ladainha que vendem: abuso de autoridade, arbitrariedade da Justiça, promotor esquerdista querendo fama de Robin Hood... Isso tudo existe, claro; mas a verdade é que existe *para mim*, não para os meus vizinhos. Existe porque *eu* cruzei uma linha imaginária. Fiz um pouco mais do que era aceitável.

Eu movi a primeira peça; se, depois disso, levei um xeque-mate roubado ou merecido, não me interessa. Além do quê, essa briga jurídica toda é consequência, não a causa. A causa me interessa mais agora. Foi ela que me colocou sentado aqui, entediado, olhando para o nada, proibido de sair de casa.

A causa: falando assim, parece um evento único, um momento crucial — quando eu, puro e inocente, mordi o fruto bíblico. A causa é um oceano sem vento nem correnteza: uma enormidade amorfa e diluída, misturada com tudo mais de relevante que vivi e que ao longo de décadas me empurrou para este desfecho. Essa enormidade não tem um nome, naturalmente, mas uma análise química da sua composição mostraria que um elemento aparece com muito mais frequência que todos os outros: o tédio.

À primeira vista, parece irônico pensar que, tentando fugir do tédio, eu acabei preso dentro dele. Mas é exatamente assim que o tédio funciona: o princípio da areia movediça. Quanto mais você o evita, mais ele abraça e puxa, porque a verdade é que viver não é tão emocionante assim, e essa história de "o tempo passa tão rápido" é uma mentira para vender pacote de férias para a classe média.

Eu voltei ao Brasil em 2011, depois de sete anos em Nova York, para assumir a empresa de navegação da minha família. Tínhamos vinte e nove navios para carga geral de cabotagem, cinco destinados a granel líquido e três a granel seco. Operávamos em dezessete portos, de Buenos Aires a Manaus, e tínhamos oitenta e cinco mil, cento e vinte e um contêineres próprios. Cada cargueiro faz em média três escalas por mês e os graneleiros têm rotas médias de cinco semanas.

As permutações possíveis dessas variáveis, condicionadas por algumas restrições importantes — como turnos de funcionários e taxas médias de consumo de combustível —, resultam num universo de vinte e uma mil, oitocentas e cinquenta e nove sequências de rotas possíveis de serem percorridas por nossos navios em qualquer ano.

Minha função carregava subtítulos vagos como "liderar" e "desenho estratégico", mas era evidente o que aquele sistema esperava de mim. Eu devia escolher qual sequência de rotas, dentre as vinte mil possíveis, seria melhor para a empresa. Com alguma sorte, escolhendo bem, poderíamos aumentar o número de navios no ano seguinte. Talvez, em cinco anos, chegaríamos ao patamar de trinta mil rotas possíveis.

Eu, que voltava de Nova York cheio de sonhos de criação, me descobria reduzido à condição de mero mecânico, condenado a engraxar engrenagens e aprimorar o funcionamento de um motor cansado, sem nenhuma perspectiva de redesenho ou substituição. Em retrospecto, as mudanças que eu faria na empresa me parecem inevitáveis. Ainda mais levando em consideração que meu único obstáculo era uma pequena circunferência afeita a jaquetões e lenços de seda chamada Cândido Quintanilha, o diretor-geral da Navegação Poente.

"Expandir a qualquer taxa acima dos três a cinco por cento ao ano só é possível se investirmos mais em granel líquido." Ele tinha o hábito de falar com a boca tão fechada que as palavras pareciam mais escapadas do que pronunciadas. Era como se pensasse tanto antes de proferi-las que acabava apegado, ressentido por ter que soltá-las no mundo.

Nas entrelinhas daquela frase insípida, estava a ameaça de que qualquer crescimento acelerado dependeria de uma maior exposição ao mercado de petróleo e, por consequência, ao governo federal. Quintanilha conhecia bem a desconfiança que meu pai — e meu avô, antes dele — nutria por políticos. Por décadas, aquela frase sozinha bastou para manter a empresa no mundo conhecido do capitalismo privado nacional.

Sempre me fascinou observar aqueles homens trabalhando.

Todos os dias, cópias fiéis de seus antecessores. Como relógios de quartzo, eles replicavam as horas com a tranquilidade de quem desconhece alternativas. As décadas passavam ao largo daquele escritório revestido de mogno escuro; ali, todo dia era o mesmo dia e o tédio nasce justamente assim, quando o tempo resolve não passar. Por que todas as salas tinham tantos sofás? Para alguém acostumado com os vastos escritórios abertos de Nova York, a primeira coisa que me chamou a atenção foram os sofás. Só na sala do meu pai, havia dois deles. Profundos e macios, com mesinhas laterais *para o cafezinho*. As salas recendiam a gerânio, assim como meu pai. Suas calças de lã fria, seus cashmeres finos de verão. Suas lapelas delicadamente pontilhadas. "Qualquer bancário da Faria Lima pode comprar um terno bem cortado hoje em dia. Mas eles ainda não diferenciam uma boa costura de uma linha grosseira. E não vamos ser nós a ensinar o truque, o.k.? Alfaiate bom se leva para o túmulo. *Pick stitching* nos diferencia dos selvagens, meu filho."

Não sei ao certo o porquê, mas aquele lugar me assustava. Alguma coisa escondida dentro de tanto imobilismo me sufocava. Um lugar que torna irrelevante a passagem do tempo acaba por nos reduzir ao nada que somos: um nanossegundo de luz no infinito escuro do universo.

Isso é uma verdade matemática, claro. Mas, quando temos trinta e poucos anos, muito dinheiro e saúde (essas coisas maravilhosas e tão finitas), qualquer vislumbre desse infinito niilista é insuportável. E qualquer decisão que o afaste ou adie é urgente.

Hoje eu olho sem arrependimento para minhas tentativas de fugir do tédio. Fui alguém que, preso em areia movediça e convicto de que ninguém viria me salvar, resolvi terminar tudo do *meu* jeito e dançar até a morte. Nós, seres finitos, temos a obrigação de não sermos chatos. A chatice é um privilégio dos deuses.

Em apenas dois anos, eu subverti todas as diretrizes do meu cargo e cruzei todas as linhas imaginárias que me trariam a este apartamento. Comprei vinte e três embarcações de granel líquido, adicionei mais de oitenta mil combinações às nossas rotas, e já começava a planejar rotas africanas para meus novos *supertankers* quando conheci — em Libreville, a capital do Gabão — o almirante Marcel Tuamotu, primo do presidente.

Escolhemos uma mesa ao lado da piscina, vendo o mar ao fundo, pedimos uma cerveja (nunca confiei nos vinhos que chegavam ao Gabão) e ele me contou uma história interessante.

Disse que participou ativamente da guerra civil no Líbano e que passou boa parte daqueles anos numa fragata, patrulhando o litoral destruído do país. Durante o cerco de 1982, essa fragata estava ancorada bem ao largo de Beirute. Ficaram ali por cinquenta e nove dias, olhando a guerra corroer a capital.

Toda manhã, a cidade era bombardeada por caças vindos de Israel. Eles vinham pelo mar, voando alguns metros acima da água, e entravam no Líbano por uma praia bonita e um pouco afastada. Acontece que todo dia, nesse mesmo horário, reuniam-se ali dez jogadores de vôlei de praia, que tentavam com afinco ignorar a guerra.

No primeiro dia em que os caças sobrevoaram a praia, o pânico foi total. Alguém os percebeu vindo, ainda de longe, e gritou. Todos correram, muitos se jogaram embaixo de carros, outros deitaram no chão e cobriram a cabeça num gesto de desespero. Como imaginar que se sobrevive a um F-16 protegendo a nuca com um par de mãos? Alguns com certeza choraram.

Mas os caças não atiraram. Passaram num silêncio surreal. Poucos segundos depois, o estrondo das suas turbinas supersônicas espalhou outra onda de pânico entre os jogadores: imaginaram uma bomba de explosão retardada. Todos se deitaram no chão de novo, mãos na cabeça, o medo da morte. Mais uma vez, nada aconteceu.

A confusão durou menos de dois minutos, mas o abalo durou a manhã toda, e os jogos não foram retomados.

No segundo dia, novamente os caças assustaram os jogadores, que correram, mas num passo mais manso, como quem corre por precaução, não pânico. Nesse dia o jogo foi retomado alguns minutos depois.

No terceiro dia, a pausa feita pelos jogadores para a passagem dos caças tinha sido reduzida a trinta segundos.

Do quarto dia até o fim do cerco, os caças israelenses foram completamente ignorados pelos jogadores, que nem sequer paravam a partida durante sua passagem. Do convés da fragata, a tripulação apostava quando um caça seria acidentalmente atingido pela bola de vôlei.

"O ser humano é um animal fascinante. Adapta-se rapidamente a qualquer situação", dizia o almirante, na beira de uma piscina cinza. Se na época eu não me interessei muito por aquilo, hoje penso com frequência naqueles jogadores de vôlei. Eles podiam se engajar numa guerra absurda, dizer a si mesmos que fariam alguma diferença, que os próximos líderes seriam melhores que os últimos líderes... ou podiam jogar vôlei, numa praia bonita e, com um pouco de sorte, ainda acertar o radar de um F-16 inconveniente. Tenho inveja deles.

Também penso no almirante Tuamotu às vezes. Se voltasse a encontrá-lo (o que nunca vai acontecer, naturalmente), eu retomaria nossa conversa sobre o potencial adaptativo do ser humano. Diria que sua teoria tem um grande furo. Existe uma condição à qual o ser humano não consegue se adaptar, não importa quantas vezes seja exposto a ela: o tédio.

Adaptar-se ao tédio seria aceitar que diversos pedaços da nossa existência serão repetitivos, estáticos, previsíveis, e não evitar nem mascarar esses momentos. Jogar vôlei no meio de uma guerra é fácil; quero ver alguém sentar por duas horas numa sala de espera de um dentista e não folhear nenhuma revista, não olhar o celular, não conversar com a recepcionista. Apenas adaptar-se ao compasso da espera.

O tédio é nosso calcanhar de aquiles enquanto espécie: todos os outros animais parecem suportá-lo estoicamente. Nós construímos civilizações inteiras para evitá-lo: as pirâmides do Egito foram o Tetris de um faraó entediado.

Na minha experiência de vida, posso afirmar que encontrei apenas três antídotos confiáveis para o tédio: a luta por sucesso profissional (dinheiro), a luta por mulheres (sexo) e a luta por um lugar na história (poder). Os dois primeiros sempre estiveram ao meu alcance. Já com o terceiro minha relação é mais complicada. Por muito tempo foi uma paixão secreta, algo que eu nem sabia que queria. Mas queria.

Essa talvez tenha sido a primeira maneira pela qual eu decepcionei minha família: não consegui manter aceso nosso ancestral desprezo pelo poder. Muitas outras decepções se seguiriam, é verdade, mas a primeira a gente nunca esquece.

Dorothy Parker disse uma vez sobre seus contemporâneos no Upper East Side nova-iorquino: *"If you want to know what God thinks of money, just look at the people he gave it to..."*. A observação parece ter sido feita em homenagem à minha família.

Não digo isso por achar que os Brandor Poente não mereçam os privilégios que herdaram, pelo contrário: é justamente essa preocupação constante em ser merecedor de privilégios que os deixou chatíssimos. Meu pai, por exemplo, passou a vida sem emitir uma única opinião sobre política. "Quem propõe, se dispõe", dizia. E se tem uma coisa que Roberto Brandor Poente nunca teve é disposição. Especialmente para a política, que ele, como o resto da família, despreza.

Para eles, poder é uma dupla ilusão. Primeiro, porque só seria mesmo poder se permitisse ao portador mudar algo de relevante; e isso nunca acontece. No Brasil, mudanças relevantes ocorrem apenas de duas maneiras: ou por uma coalizão de forças tão heterogêneas que acabam reduzindo o projeto original a um quase nada; ou por um aventureiro, que impõe a mudança no susto e a vê invariavelmente retrovertida logo em seguida por outro agente político, tornado poderoso justamente por formar uma coalizão de todos os contrariados pela mudança arbitrariamente imposta.

Um político poderoso é somente um porta-voz da opinião de consenso da sociedade (ou da "elite econômica", ou da "pequena burguesia", ou do "funcionalismo público", ou dos "Illuminati"... ou do grupo de pessoas cuja opinião importa para aquele tema). Ele não é nunca alguém com vontade própria, com uma visão singular de mundo.

Seu único poder verdadeiro é o de escolher o suicídio político, promovendo uma mudança significativa à revelia desse consenso que ele prometeu representar. E quem escolhe tal caminho não o faz por ser um grande herói, e sim por ser um grande egoísta: seu sacrifício não permite a mudança duradoura, mas produz o mártir, deposto pela ousadia de se lançar numa batalha perdida contra o consenso, e perpetuamente adulado pela minoria contrariada que se sentiu quase atendida por um breve momento.

A segunda ilusão do poder tem a ver com sua fragilidade. Meu avô passou a vida chamando cada presidente da República de "o rapaz novo". Reforçava com isso uma mensagem que vai fundo no ideário da minha família: eles passam, nós não. Quem corre atrás de poder tem que se acostumar com sua ausência depois, e esse *depois* pode ser, literalmente, amanhã.

Nenhum outro grande privilégio é tão efêmero quanto o

poder. Mesmo a beleza, que nunca dura, dá a seus beneficiários muitos anos para se acostumarem à sua falta: se num ano você está no topo, no ano seguinte ainda estará próximo a ele. Assim trabalham as rugas e as estrias, num ritmo biológico lento, destinado a retirar do paciente o vício da vaidade sem matá-lo no processo. Já na política se sobe de escada mas se desce de elevador, e muitos não resistem à descida. Confrontados com a perspectiva de abstinência abrupta, escolhem "sair da vida e entrar para a história".

Para além de todos esses riscos, quem resumiu melhor a visão Brandor Poente sobre o poder foi uma outsider: minha mãe, que, quando ainda era casada com meu pai, costumava dizer entre baforadas de cigarro: "Não existe nada mais cafona que gente poderosa".

Eu acreditava nessas verdades universais, repetidas desde a minha infância, e passei muitos anos correndo atrás apenas de dinheiro e sexo. Foi um enorme prazer; mas foram, também, distrações passageiras, incapazes de dar conta do tédio crônico que me assolava. Des Esseintes visitava meus sonhos, sorrindo cínico e falando baixo: "Se o preço da abundância é a saciedade, o preço da saciedade é o tédio". Minha vida mansa precisava de uma tentação proibida. Era inevitável meu envolvimento com certos poderosos, e talvez minha punição também.

O que me incomoda na verdade não é o resultado, e sim a maneira acidental, quase amadora, como tudo se passou. Faltou algum evento de marcação, um cerimonial de encerramento que deixasse claro que fui eu o protagonista da minha própria decadência. E que não sou apenas uma vítima dela, mas seu criador, consciente e até um pouco orgulhoso do resultado.

No final de 1889, quando já era evidente que a monarquia seria abolida, o visconde de Ouro Preto, presidente do conselho de ministros imperiais, decidiu usar dez por cento de toda a arrecadação do governo e oferecer um banquete para cinco mil pessoas numa ilha no meio da baía de Guanabara. O evento ficaria conhecido como O Último Baile da Ilha Fiscal e a monarquia cairia cinco dias depois.

Historiadores que não entendem de festas especulam que, com o gesto, o velho aristocrata tentava dar uma demonstração de força diante dos seus adversários republicanos. Acho isso uma bobagem. O visconde sabia que seu tempo de palco se esgotava rapidamente, e entre manter a discrição, ganhando assim algumas semanas de existência medíocre, e sair no auge, a escolha me parece óbvia.

Eu não tive direito a baile nem a banquete. Fui retirado de cena numa madrugada fria, no susto. Quando as tropas republicanas vieram escoltar d. Pedro II para o exílio no meio da noite, ele teria respondido: "Estão loucos! Eu não sou negro fugido e não embarco a esta hora!". O que aconteceria se eu respondesse algo semelhante? Me faltou tempo para planejar melhor o fim do meu auge.

Não faz mal. Tempo agora é o que não me falta, e pretendo usá-lo em larga medida para organizar o meu banquete, que será capaz de encerrar definitivamente tudo que me aconteceu. E já decidi qual será minha inspiração. Vou replicar, nesta minha ilha prisional, o último baile do Império brasileiro.

Preciso fazer concessões, é verdade. Algumas delas até bem-vindas: não tenho a menor vontade de convidar cinco mil pessoas, mesmo se espaço não faltasse. Neste apartamento consigo entreter quarenta convidados, e esse número me parece satisfatório. Também terei que substituir as casacas imperiais por smokings, o que não é exatamente um problema.

Será um banquete *à l'ancienne*, com onze pratos e seis rótulos. No lugar das fragatas que vigiaram o baile imperial, terei ao meu inteiro dispor as duas viaturas de polícia estacionadas na delegacia em frente ao meu prédio. O problema maior será justamente esse. Uma das cláusulas da minha prisão domiciliar estipula que apenas pessoas previamente autorizadas por um juiz podem entrar na casa. Não me ocorreu na época incluir nessa lista meus quarenta convidados.

Para contornar o entrave burocrático, espero poder contar com a compreensão dos acionistas controladores da Gödel Properties, empresa offshore sediada nas Bahamas, proprietária do apartamento vizinho ao meu. Empresas offshore desfrutam de muitas vantagens, uma das quais vem muito a calhar neste momento: a confidencialidade. A lei vigente nas Bahamas não obriga empresas a divulgarem quem são seus donos. Mesmo que, por hipótese, seus donos se encontrem em prisão domiciliar e todos os seus outros bens estejam congelados por ordem judicial.

Eu não costumo pressupor a boa vontade de estranhos, mas no caso, conhecendo um pouco dessa misteriosa empresa que escolheu comprar justamente o apartamento ao lado do meu, imagino que não será um problema convencê-los a convidar algumas pessoas para uma festa em seu imóvel vazio e que essas pessoas, ao chegarem no prédio, possam acabar, assim, por engano, confundindo as portas de entrada dos apartamentos.

2

Paris,
fevereiro de 2002

"E agora, vó?"

"Agora a gente olha. Olhe as pessoas, Marilu. Esse é um dos grandes prazeres da vida: olhar gente bonita passar. E, entre tantos prazeres, esse é de graça, o que vem muito a calhar..."

Isso foi no lobby de um hotel chamado Hôtel de Crillon, em Paris. Eu tinha acabado de fazer quinze anos e tudo que eu queria na vida era aquela bolsa Louis Vuitton do Murakami, com os logotipos coloridos, cada um de uma cor diferente, rosa, verde-limão, laranja, lilás, linda de viver essa bolsa, mas a minha avó Odette, que era a única pessoa da família que podia me dar um presente caro daqueles, disse que presente de debutante é viagem internacional, não bolsa. Então lá fomos nós, só as duas, pra Paris. Era a primeira vez que eu saía do Brasil. Eu sou neta única. Neta e filha única. E fui bem mimada. Não a ponto de ganhar uma bolsa Louis Vuitton do Murakami com logotipos coloridos e alça de couro bege-clarinho, mas fui mimada mesmo assim.

"Olha aquela moça de casaco de pele marrom; repara na qua-li-da-de da pele, deve ser mink, percebe como é grosso e como cada pelinho brilhante se mexe independente dos outros pelinhos, e como eles formam essas ondas brilhantes no corpo dela? Bonito, *né*? Parece um campo de trigo, não parece? A dona do casaco parece um camaleão, mudando a cor da pele o tempo todo. Esse nariz empinado por cirurgião plástico, esse rabo de cavalo mais branco que loiro, e principalmente esses óculos escuros dourados dizem tudo, Marilu, essa aí é russa, com certeza. Deve ser casada com um gordo três vezes mais velho que ela e deve ser fiel ainda! Elas amam dinheiro, as russas! Coisa de quem cresceu em país comunista, você nunca vai entender."

Era o primeiro dia da nossa viagem. Não que eu achasse ruim estar em Paris e tal, mas demorou um pouco pra eu começar a ver vantagem naquele presente de debutante. A bolsa do Murakami era linda, já Paris, eu não sei bem.

A minha avó me levou pra passear e de cara eu não gostei muito daquela cidade. Tudo meio rococó, meio estranho, meio velho. Quer dizer, é bonito até, mas não faz meu tipo. Meu estilo é mais moderno e mais clean, acho. Lembro de pensar que o único lugar que eu conhecia que tinha tanta coluna de mármore e estátua de anjinho e plaquinha de bronze contando histórias antigas era o Cemitério da Consolação, onde eu tinha ido uma vez só. Lá também eu fui com a minha avó, mas não foi culpa dela. Meu avô Carlos é que tinha decidido que queria ser enterrado lá, e desejo de morto se cumpre.

"Agora olha aquele casal ali. Uma mão na xícara de chá, uma mão segurando o joelho da esposa, olho no olho, como em interrogatório de filme policial, boca num minissorriso abobado, e uma sacolinha verde-Tiffany a tiracolo: casal em lua de mel é sempre assim, Marilu, mas isso nunca dura. Ah, minha filha, o casamento pode até durar, mas esse ar abobado, isso não dura nem seis meses."

Enfim, como eu estava dizendo, achei Paris com cara de

cemitério — o que não é tão errado assim, se você pensar que em cada uma das milhões de igrejas daquela cidade tem um monte de túmulos de reis e rainhas e padres e santos, e eu estava justamente pensando nisso quando chegamos na Place de la Concorde e minha vó disse: "Chegamos". Entramos no lobby daquele hotel megacaro e sentamos num sofá de veludo vermelho, com pés dourados e um lustre de cristal balançando bem em cima da nossa cabeça.

Achei que a gente estava ali pra esperar alguém, ou sei lá. Mas então minha vó começou a falar e vi que aquele era o objetivo do passeio. O destino final mesmo.

"Olha aquela senhora elegante sozinha. Quem tem classe, nem quando senta no hall dos elevadores perde a pose. Bundas ricas sempre sentam em ângulos oblíquos, pode perceber; quem senta retinho é porteiro de prédio e pedicure. O que ela pediu para o garçom? Aposto que foi uma bebida forte, tem cara de mulher que bebe muito."

Todos os dias daquela semana a gente fez a mesma coisa; só mudávamos de lobby: um dia no Crillon, um dia no Ritz, um dia no Plaza Athenée e um no Lutetia. Esses nomes soam bem melhor com um sotaque fingido francês, pode tentar.

No Plaza a gente sentou no piano-bar e viu um casal terminar o noivado na mesa ao lado. Foi triste e bonito também. Ela chorando baixinho e ele olhando fixo pro chão. Os silêncios se arrastando por uma quantidade absurda de tempo e a gente ali, só espiando tudo. Mas, de longe, o meu favorito foi o Lutetia, um hotel em estilo art nouveau, que é um tipo de arquitetura bem diferente dos outros, bem menos parecido com uma tumba e bem mais parecido com um quadro do Dalí ou com um sonho mesmo. E naquele lobby tinha um povo mais descolado também: como esse hotel era o único que ficava em Saint-Germain, as pessoas tinham um jeitão mais francês de se vestir, era tudo menos fru-fru. Depois eu soube que o Yves Saint Laurent morou lá, ele e um cachorrinho branco.

É muito legal espiar as pessoas. Alguém entrava pela porta giratória dourada à nossa direita ou descia a escadaria de mármore bem em frente de nós, ou sentava numa mesinha prateada bem do meu lado, e a gente ia junto, pendurada na alça de uma bolsa de couro de crocodilo ("verdadeira ou falsa?"), enganchadas num relógio Cartier "igualzinho ao que a Lady Di usava", ou escondidas numa sacolinha da Ladurée, cheia de macarons coloridos. No final, a gente dava muita risada daquilo tudo e tomava chocolate quente na rua. Foi muito legal viajar com a minha vó. E foi ela quem me ensinou a olhar pras pessoas.

Hoje, quando passo horas e horas e horas olhando pro meu feed do Instagram, eu lembro disso: culpa da dona Odette, que me ensinou o prazer de olhar gente bonita. Eu não sinto constrangimento nenhum em gostar disso, e acho ridículo esse bando de moralistas que vive insinuando que é melhor que os outros porque não assiste TV, ou não tem Instagram, ou Snapchat, ou Facebook, ou Pinterest, ou Twitter (Twitter eu não tenho, muitos haters lá), ou WhatsApp ou whatever. Acho natural querer olhar gente bonita. Pelo menos um pouco de vontade todo mundo tem. Inclusive quem critica. Principalmente quem critica.

A diferença é que nessa época o prazer era de voyeur: ver, mas sem ser visto. O foco todo era nos outros. Hoje isso mudou um pouco, acho que meu prazer é mais um diálogo: gosto de ver, mas também gosto muito de ser vista.

Quem me conhece, mesmo que só de longe, ou só de stalkear no Instagram, concorda comigo: seria um puta desperdício de potencial se eu não fosse pelo menos um pouquinho vaidosa.

Casa dos meus pais, maio de 1992

Eu me apaixonei pela primeira vez quando tinha cinco anos de idade.

Isso tá um pouco fora de ordem, porque aconteceu bem antes da minha viagem pra Paris. Se fosse um filme, teria que ser em preto e branco essa parte, pra não confundir as pessoas. Mas não é um filme e eu nem sei o que é. "O diário secreto de Marilu"? Mais provável: "Evidência número 13 no processo do governo para internar a srta. Maria Luiza Alvorada e todos os seus 157 gatos num hospício". Certeza. Mas se é pra escrever um diário, acho que o certo é começar contando umas coisas da minha infância também, né?

Enfim, como eu dizia, eu me apaixonei pela primeira vez quando tinha cinco anos de idade. Tinha saído do banho, cabelos meio molhados. Lembro de usar um pijama de flanela cor-de-rosa, pantufas de coelhinhos e um robe vermelho que meu padrinho trouxe da Disney pra mim. Sentei numa poltrona enorme que tinha na sala de casa. Na TV passava o *Glub Glub* (lembra disso? Adoro).

De repente, entram na sala meus dois primos: o Deco, que tinha uns quinze anos na época, e o Pedrinho, um pouco mais novo. Eles chegaram chegando: fazendo barulho, bufando, carregando umas malas enormes. Eles iam dormir em casa naquela noite, não sei por quê.

O Deco passou reto por mim em direção à cozinha — esse menino nasceu com muita fome, meu Deus. Não é à toa que virou uma baleia. Mas o Pedrinho ficou.

Eu ainda olhava em direção à TV, mas minha atenção estava cem por cento no Pedrinho.

Então, como se fosse um sonho, ele veio até onde eu estava e parou bem na minha frente, olhando forte pra mim. Ele ainda estava suado da aula de futebol. Tinha umas mechas de cabelo grudadas na testa e um joelho ralado, sangrando um pouco. Ele pôs as mãos sobre as minhas orelhas, olhou nos meus olhos e deu um beijo na minha testa. Ele tinha cheiro de açúcar queimado. "Você é muito linda!", ele disse, e saiu em direção à cozinha.

Pronto. Eu estava apaixonada.

Eu não conseguia mais me concentrar no *Glub Glub* de jeito nenhum. De repente, aquele programa parecia uma coisa muito infantil pra mim. Desliguei a TV e fui procurar minha babá. Lembro direitinho de pedir pra ela, bem séria, que me deixasse trocar de roupa, porque não ficava bem eu ali de robe com meus primos em casa. Eu achava que um vestido de alcinhas era mais adequado. E queria sapatilhas também. (Eu dava muito trabalho pra dona Alzira, que Deus a tenha.)

É engraçado como essas coisas ninguém ensina: de repente eu comecei a descobrir que sou bonita, e comecei a ter vontade de me arrumar e me enfeitar, porque eu queria ficar mais bonita ainda, porque eu queria que o Pedrinho gostasse de mim. Essa parte passou longe de funcionar, óbvio, e o Pedrinho nunca percebeu minha paixonite fedelha, nem quando eu dancei com ele no segundo casamento do tio Otávio, nem quando a gente teve que dormir na mesma cama no sítio, mas isso não importava mais, porque a partir daquele dia, daquele beijo suado na testa (com cheiro de açúcar queimado), eu já tinha sido "picada pelo bichinho da vaidade", como dizia meu pai.

Meus pais adoravam me ver arrumada. Quanto mais dengo eu mostrava, mais eles babavam. Minha avó, então, nem se fale. E como era bom arrancar aqueles sorrisos todos! Eu destruía todos os batons Lancôme da minha mãe e ninguém reclamava. Bons tempos. Hoje em dia se eu pego um rímel emprestado já é um drama.

A gente quando fica adulto tem momentos de felicidade que são ótimos, mas acho que nunca mais vão ser tão absurdamente felizes quanto aqueles da infância. Nem eu nunca mais vou me sentir tão linda quanto me senti naquele dia em que o Pedrinho veio em casa beijar a minha testa. Mas isso não me impede de continuar tentando, óbvio. Às vezes, dependendo do look, da luz e do filtro, a gatinha aqui ainda chega *bem* perto.

Colégio Barão de Poente, dezembro de 1998

Até meu pai quebrar, eu estudava num dos melhores colégios de São Paulo.

Eu falo isso pros meus amigos às vezes, mas é só pra me sentir bem. Essa frase é cheia de mentirinhas.

Em primeiro lugar, quando eu falo assim, "meu pai quebrou", parece que eu tô falando do Bill Gates, né? Só que não é bem o caso. Meu pai era bem de vida, nunca me faltou nada, mas o que "quebrou" na verdade foi uma revenda de autopeças, dessas com no máximo dez funcionários. Acho que nem o gerente do banco dele percebeu quando ele quebrou. Na época ele fez um puta drama e acabamos mudando de cidade pra ele poder "começar de novo" e tal, mas na verdade o que aconteceu não foi nada de mais. Mesmo. Hoje em dia quando meu pai reclama do meu jeito dramático eu sempre penso "de onde será que eu tirei isso, não é mesmo?".

A segunda mentirinha é mais sutil: o colégio era bom, mas não tanto pela qualidade da educação. Era bom porque era o colégio dos alunos ricos. E não tô falando rico-Neymar, não. Eu

tô falando rico de verdade mesmo. Tipo rico-dono-do-time-do-
-Neymar. O que *eu* fui fazer lá é uma coisa que nunca consegui
entender.

Hoje eu imagino que meu pai me colocou pra estudar ali
por pressão da minha mãe, que sempre foi meio deslumbrada,
e, como todo plano perfeito dela, esse também deu errado pra
todo mundo. Meu pai deve ter se afundado ainda mais em dívidas pra bancar um colégio que eu nem queria, do outro lado da
cidade, e eu ainda acabaria sendo rejeitada por todo mundo lá.
Belo plano, mammy.

Mas isso foi bem depois. No começo era bom estudar lá.
Eu tinha amigas que dão saudade até hoje e adorava brincar nas
casas delas, sempre maiores que a minha.

Lembro de uma festinha que foi na quadra de tênis subterrânea da casa de alguém. Quem é que tem uma quadra de
tênis subterrânea? O que tinha em cima da quadra? E embaixo?
Porque quem cava um buraco para colocar uma quadra de tênis
dentro, já aproveita o embalo e cava mais um pouco, coloca
uma roda-gigante também ou sei lá. Essa época foi muito mara.
Nessas festinhas sempre tinha mágicos, presentinhos na saída,
piscina de bolinhas. Lembro dos jogos de queimada, polícia e
ladrão e meu preferido: Marco Polo. Lembro de pular corda.

Engraçado que, nessa época, riqueza ainda era uma coisa
mais compartilhada: um brinquedo, uma piscina, uma festinha,
eram todas coisas que precisavam de amigos pra serem legais.
Pena que isso não dura.

Quando eu fiz onze anos, mais ou menos, tudo começou
a mudar. Primeiro apareceram os tênis que brilham no escuro,
depois os relógios da Nike, depois os patins com rodas de gel e
depois não parou mais: uma montanha de coisas e brinquedos e
roupas despencou na nossa sala de aula, deixando todo mundo
de um lado e eu, a coitada, do outro.

Criança é o bicho mais interesseiro que existe. Mais que gato até. Dizem que você nunca vai ver um gato com um mendigo, porque gatos são interesseiros e largam do dono se ele virar mendigo, né? Pois aquelas crianças ali largavam até do pai se ele virasse mendigo. E o exemplo é bom, porque era assim mesmo que eles me viam: meio que como uma mendiga. Chegavam a desviar o olhar no recreio.

Foi nessa época que comecei mais ou menos a mentir. Lógico que não foi, assim, uma decisão premeditada. Nem sei se "mentira" é o melhor termo pra descrever. Crianças com amigos imaginários são mentirosas? Eu acho que não. Então, eu passei a ter vidas imaginárias, brinquedos imaginários e até um castelo imaginário. Isso me ajudou bastante por um tempo, e depois acabou de vez com a minha vida social infantojuvenil.

Começou no susto, numa rara chance que eu tive de contar sobre as minhas férias pra duas amiguinhas. Sabia muito bem que não era muito sexy dizer coisas tipo Cotia-na-casa-da-minha--tia, então inventei algo: falei sobre a Disney e o Caribe e não sei mais onde. E funcionou. Outras pessoas vieram saber de mim.

Vinham me perguntar se existem mesmo piratas no Caribe — sim, conheci dois. Se o Triângulo das Bermudas existe — sim, meu avô morreu lá. Qual a maior montanha-russa da Disney — Death Mountain, onde três pessoas já morreram. Eu fui duas vezes sem adultos. E eu ia respondendo tudo no improviso, animada. Como eu fui feliz naqueles dias! Acho que pra mim também eram verdades aquelas coisas todas — estava construindo uma vida totalmente nova e muito mágica.

O problema é que, quanto mais atenção eu conquistava, mais bizarras iam ficando minhas mentiras. Foi a maneira que eu achei de agradecer as pessoas por me escutarem, por virem saber de mim. Era um tipo de presente que eu dava pra elas: a minha imaginação.

Depois de algumas semanas, meu mundo imaginado tinha ficado tão grande que eu mesma já percebia o risco. Algumas das histórias bizarras começavam a conflitar — "O que você fez com a sua lhama enquanto dava a volta ao mundo? Quem dava comida pra ela?" — e outras simplesmente se contradiziam mesmo. Mas não dava pra parar com as histórias bizarras assim de repente. Meu público precisava de mim.

Até que aconteceu o inevitável: um menino chamado Victor Hugo (parabéns aos pais, conseguiram dar ao filho um nome mais metido que Valentino) perguntou pra algum adulto e descobriu que não era possível que eu tivesse um helicóptero de duas hélices porque só o exército americano podia ter um helicóptero daqueles, e eu não era nem americana de verdade porque não existem americanos de verdade na Mooca.

Eu contestei, esperneei, falei que o Victor Hugo não entendia tanto assim de helicópteros, até porque ele não era piloto, como eu e como o meu pai, e isso rendeu uma sobrevida pra minha reputação. Mas aí já era tarde: a semente da desconfiança tinha sido plantada e apareceram mais experts em aviação e até mesmo um livro sobre helicópteros, que algum maldito trouxe; não dava mais pra segurar, e eu parei de rebater os céticos, ignorei todos os pedidos pra mostrar fotos e, no final, cometi o erro fatal dos mentirosos: eu chorei.

Eu já não aguentava mais aquela cobrança, queria que tudo parasse, sentia meu rosto vermelho e um nó na garganta; sabia que o fim estava próximo, que aquele mundo mágico que eu criei, que eu achava tão lindo, onde eu queria morar pra sempre e pra onde eu ia quando meus pais brigavam ou quando me sentia sozinha, esse mundo estava afundando rápido num Triângulo das Bermudas cinzento e chuvoso. Minha visão começou a embaçar com as lágrimas que ainda não tinham saído dos olhos mas que já estavam prontinhas ali, e eu podia ouvir a gritaria do Victor Hugo e dos outros aumentando e aumentando e aumentando, excitados com aquele twist de acontecimentos. Crianças são como adultos nesses casos: ficam alucinadas quando veem alguém que tinha algum status ser humilhado — não sei bem por quê, mas somos assim.

Então eu cedi e chorei que nem uma criancinha, gritei, solucei, babei, o pacote completo. Tive que ser retirada da sala de aula.

Fiquei uma semana sem pisar no colégio, o que foi pior ainda, porque aumentou o suspense e, quando finalmente me obrigaram a voltar pra aula, eu já tinha até um novo apelido: Marilôca.

A partir daquele dia, qualquer coisa que eu falasse era respondida com "Mentira!" ou "Vai chorar?".

No começo eu achava que depois de repetir esses refrões algumas vezes — sei lá, umas cinco mil vezes, talvez? — as outras crianças se cansariam e iriam fazer bullying com alguma outra pobre coitada da sala. Mas não. A piada, em vez de ser esquecida, virou quase um cacoete daquela turma. Acho que até hoje, se eu encontrar algum daqueles malditos, ele ainda vai soltar a frase. Nem que só por reflexo. Se bem que eu duvido que algum deles me reconheceria. Não sou mais aquela magrinha tímida de onze anos. E também não dou moral pra gente que não conheço.

Mas, enfim, essa história acabou de vez com o sonho da minha mãe de me ver cheia de amiguinhas ricas. Ninguém mais me convidava pras festas (a não ser as maiores, quando eram obrigados a convidar a classe toda) e ninguém falava comigo no recreio.

Tentei voltar pro meu mundo imaginário, mas aquele lugar só existia quando eu levava mais gente comigo. Sozinha não tinha graça. Às vezes, muitos meses depois do "incidente", eu ainda chorava de raiva quando lembrava do Victor Hugo rindo, da cara feia e dos óculos fundo de garrafa dele.

Tem só uma coisa pior que ser uma adolescente impopular: ser uma adolescente ex-popular. Sentir o gostinho de ser o centro das atenções e perder isso. Que raiva do Victor Hugo que eu sentia. Ainda sinto, aliás. Se esse moleque passar na frente do meu carro hoje em dia, eu atropelo.

Eu ainda me arrastei por aquele colégio por mais três anos, mas nem me lembro direito desse período. Tenho um pouco de vergonha do que lembro, na verdade: eu desenvolvi uma paixão platônica doentia pelo Jon Bon Jovi e até fundei um fã-clube em homenagem a ele, que teve um total de onze membros. Depois fingi ser gótica por uns meses. Mas era só pra disfarçar a falta de amigos mesmo.

Quando finalmente meu pai quebrou e me mandou passear com a sogra dele em Paris, eu era uma menina tímida e um pouco triste. Acho que foi por isso que eles tiveram tanto cuidado ao me contar sobre a falência da revenda e a mudança pra Florianópolis. Mas, quando eu soube, fiquei feliz: não conhecia quase nada de Floripa, mas sabia que era uma ilha, com muitas praias, gente jovem, e o principal: me tiraria daquele colégio odiento.

3

Sobre um fundo branco e liso, a porcelana francesa de Sèvres — produzida especialmente para a mesa de honra do banquete na Ilha Fiscal — trazia a coroa imperial brasileira e as iniciais I e G em filetes de ouro, entrelaçadas muitas vezes como se dançassem uma mazurca, formando finalmente um brasão oval. Olhando-se de relance, parecia um besouro coroado.

As iniciais faziam referência à princesa Isabel e seu marido, Gaston, o conde d'Eu, que então comemoravam bodas de prata. Uma semana depois, aquela louça seria envolta em cobertores velhos, encaixotada e enviada, junto com muitas outras caixas, para o vapor *Alagoas*, encarregado de transportar a família real para o exílio em Portugal.

Ao longo de cento e vinte e sete anos e três gerações, o conjunto de besouros coroados passou de uma estante ensolarada num casarão do Porto para uma cristaleira discreta num apartamento parisiense e para uma gaveta revestida de veludo verde--oliva numa modesta cobertura com vista para o mar no Rio de Janeiro. Estivessem fora da gaveta, os besourinhos poderiam olhar todos os dias para a baía em que um dia eles reinaram. Esperaram pacientemente pela chance de sair de lá e brilhar mais uma vez. Tudo que viram foi a casa de leilões, perfilados ao lado de outras quinquilharias herdadas pela tataraneta de d. Pedro II, que morrera sem nunca oferecer um banquete. Desde então, o conjunto enfeita a parede da minha casa de praia, onde também nunca foi usado.

Acabo de convocar todos os cinquenta e três besouros reais para uma visita oficial a São Paulo, onde retornarão à sua função original.

Sobre eles, eu espero esparramar uma cópia tão fiel quanto possível do cardápio original de 1889. Como carro-chefe, foram servidas três aves exóticas: inhambus, macucos e faisões. As duas primeiras não são comercializadas no Brasil desde 1967, quando foi proibida a caça de animais silvestres no país. Por um momento considerei contrabandeá-las — quão difícil será? —, mas decidi que o banquete em si já era risco suficiente a correr. E dificilmente esses pratos fogem da regra básica de toda carne exótica: *Looks like fish, tastes like chicken*.

Já os rótulos me surpreenderam pela trivialidade: Veuve Clicquot, Château Lafite, Chablis Moreau, Château d'Yquem. Não preciso nem sair de casa para preencher esses requisitos. Eu esperava mais de nossa finada realeza.

Por fim, o item mais importante do cardápio: os entorpecentes. O que oferecer abertamente e o que manter disponível apenas de forma velada? Maconha, haxixe e os sintéticos (MD, ecstasy, ácido) me parecem bastante aceitos, e posso dispor tudo numa bandeja de prata no canto da sala. *American style*. Já a cocaína requer um cuidado à parte. Não entendo esse preconceito seletivo entre brasileiros. Conheço pessoas que misturam MD com suco de laranja no café da manhã e são vistas como perfeitamente saudáveis por seus amigos, mas basta ser flagrado uma única vez cheirando cocaína num lavabo para ser perpetuamente rotulado de "cheirador", essa palavra maldosa e generalizante que condena todos os que a recebem como epíteto a uma indesejada proximidade com tipos como Diego Maradona.

Em outros lugares não é assim. No mundo civilizado, a cocaína é vista como a mais nobre das drogas. Por isso, aliás, custa tanto.

Quando eu tinha catorze anos, fui despachado para Cambridge (a cidade inglesa, não a cópia americana) e passei os quatro anos seguintes morando na St Hubertus School, um internato violento e úmido que me traz muitas boas lembranças. Foi lá que me familiarizei com a maioria das drogas e suas "perigosas mentiras estupefacientes, cujo auxílio é requerido para entorpecer a dor e enganar o tédio".

No começo, claro, eu odiei meus pais por me tirarem do colégio britânico em São Paulo e me enviarem para aquilo que me pareceu uma mistura de mosteiro beneditino e *madrasa* de terroristas islâmicos. Odiei mais ainda quando no Natal daquele primeiro ano eu percebi o real motivo de ter sido despachado: o exaltado divórcio dos meus pais, as gritarias em casa, as acusações cruzadas. Basicamente, eles se livraram de mim para poder brigar em paz.

Digerir aquilo sobrecarregava minha cabeça com pensamentos circulares que nunca levavam a conclusão alguma, e foram as drogas que me ajudaram a recobrar o controle das minhas emoções. Em seis meses, experimentei todas as drogas disponíveis na Inglaterra dos anos 1990. Menos heroína, naturalmente. Eu estava puto, mas ainda tinha medo de morrer.

Foi através da maconha — que eu já fumava no Brasil — que fiz minhas primeiras amizades no St Hubertus. Apareci fumado para assistir a aula inaugural do ano letivo, e minha coragem suicida me rendeu o respeito dos russos do colégio. Dali em diante, eu me tornei parte da máfia russa local — que era como aquele grupo confuso de russos, sérvios e ucranianos gostava de se definir, sem muita ironia.

Os russos me ofereceram a maioria das outras drogas e eu aceitava tudo, em parte porque queria impressionar meus novos amigos, mas em grande parte simplesmente porque queria escapar de mim mesmo. A solidão e a insegurança eram insuportáveis naqueles primeiros meses de exílio.

Numa tarde gelada de sábado (os fins de semana eram piores), comemos um cogumelo e saímos pelas ruas de Cambridge. Eu lembro de ver os bonecos pretos das placas de sinalização de trânsito dançarem e acenarem para mim. Eles tinham uma textura linda, e devo ter ficado horas olhando uma daquelas placas. Em outra ocasião, passei um dia inteiro deitado, apreciando o teto do meu dormitório vazio ser rasgado por sulcos profundos e móveis, que pulsavam e se entrelaçavam, formando mapas secretos que jamais vou entender.

Até hoje me pergunto como seria comer um cogumelo e ir ao MoMA ver Pollock. Quando a Polícia Federal devolver meu passaporte, talvez eu faça isso.

Dos fármacos, não tenho boas memórias. Muita náusea para pouco delírio.

Por fim, veio a cocaína, o maravilhoso adubo de egos. Este é um hábito que nunca consegui perder de verdade. Também não me considero um viciado: não tenho predisposição genética para isso. Apenas me reservo o direito de dar um tiro ou dois de vez em quando, sempre que quero subir acima do resto da humanidade e apreciar a vista.

Mas no final, como tantas outras distrações que encontrei na vida, as drogas também se mostraram efêmeras, impotentes frente ao invencível tédio engendrado pela abundância. Por mais russos que eu conhecesse e por mais drogas que consumisse, por mais dopado que eu tentasse ficar, mesmo assim, depois de todo o esforço, ainda me sobrava muito tempo oco naquele lugar. Muito tempo para pensar na injustiça que é ter que abandonar meus amigos no Brasil porque meus pais resolveram brigar como adolescentes histéricos. Mais que a injustiça, aliás, o que me irritava era a irracionalidade, a imprevisibilidade daquelas circunstâncias. Num mês eu passava férias preguiçosas cercado de primos e amigos na fazenda da minha família, e no mês seguinte estava num mosteiro congelado experimentando LSD com três moscovitas de cuecas. Eu podia me nocautear com drogas o quanto quisesse, sempre sobrariam horas e horas para remoer a peculiaridade da minha situação. Sentia uma sede aguda de estabilidade e de certezas na vida. Sonhava com uma religião ou uma ideologia, mas sabia que não encontraria o que precisava naquelas abstrações indulgentes, nem em sessões de análise, como alguém me sugeriu na época.

Nenhuma das duas alternativas — legítimas para momentos de autocomiseração — podia me ajudar. Ambas carregam dentro de si mistérios e interpretações contraditórias demais para satisfazer minha vontade de ter certeza. Afinal, Deus é um ou três? Nosso inconsciente é individual como quis Freud ou coletivo como postulava Jung? Não precisava adicionar outras perguntas sem resposta às que já arrastava comigo.

A maneira que arrumei de saciar minha sede de certezas e reencontrar um pouco de paz foi um tanto original, e até hoje me fascina que tenha sido assim: mergulhei, meio que por acidente mas tão fundo quanto pude, no estudo da matemática. Primeiro através da matemática aplicada, que eu via nas aulas mesmo, depois através da matemática pura, que precisava buscar na biblioteca do colégio, e por fim veio a metamatemática, que não se via em lugar nenhum.

Foram anos estranhos que, no entanto, moldaram o modo como eu vejo o mundo. Se alguém me visse hoje, de pijamas e óculos escuros, preso em casa, poderia achar a imagem triste, até um tanto ridícula. Mas se pudesse então enxergar o rio que me trouxe aqui, se pudesse entender o funcionamento do mundo da mesma forma que eu, perceberia também que não sou uma imagem deprimente. Sou apenas uma cena inevitável num longo e bonito filme. E a maneira como eu consigo entendê-lo é através do que aprendi com a matemática: minha Pedra de Roseta necessária para decifrar as legendas misteriosas desse filme de imagens aparentemente banais.

CONVIDADO 1 Vamos, façam um esforço para sair daqui!
CONVIDADO 2 E por que não faz você mesmo esse esforço? Verá que todos nós o seguiremos.
Ninguém se mexe. Ambos seguem prostrados junto à porta aberta.

A primeira coisa que me chamou a atenção na matemática foram as notações e convenções que são idênticas em qualquer canto do planeta, nossa primeira e única língua franca mundial; suas verdades são constantes e incontestáveis, desde os tempos de Pitágoras e Euclides.

Ao contrário do que ocorre em outras áreas "exatas", como a física ou a química, na matemática é possível ganhar uma discussão de maneira absoluta e definitiva com o simples uso do raciocínio lógico, sem necessidade de experimentos, coleta de dados, e sem a ameaça velada de que em outra época ou em outro lugar os resultados possam mudar. Ver um debate sendo vencido de maneira definitiva era um fetiche antigo meu, desde que comecei, muito a contragosto, a acompanhar os debates domésticos de meus pais. Naquele mundo não havia réplica, nem tréplica, nem pratos de louça prussiana setecentista voando contra as paredes. Tudo era decidido a priori. O triunfo da racionalidade.

E a matemática é também um esconderijo perfeito para os introvertidos. Cada viagem minha ao Brasil me levava de volta à seção de matemática da biblioteca do St Hubertus mais feliz: aquela ilha de certezas, onde nenhum "eu acho" jamais pisou. Como é deliciosa a sensação de solucionar equações complexas com um simples e elegante "$x = 17$". Quantas outras perguntas constrangedoras eu quis responder nessa língua maravilhosa! "Seus pais não vêm te buscar para as férias?" "$y = 23$"; "Por que sua mãe me odeia?" "$z = 7$"; "Sabe por onde anda seu pai?" "$w = 149$".

Mas talvez o que mais me agrade na matemática é que eu sou muito bom nisso. Desde pequeno, resolvia problemas com facilidade, intuía paralelos entre diferentes temas que nem meus professores conseguiam enxergar. Lembro de resolver equações quadráticas com soluções geométricas muito antes de alguém me apresentar a interface desses campos. E quando finalmente me apresentaram a geometria, aí eu me perdi de vez em mim mesmo. O que já era uma afinidade intelectual passou a ser também uma paixão estética. Era como ter uma amante secreta e misteriosa, com quem eu já me correspondia havia algum tempo, e de repente descobrir que, além de inteligente, ela era bonita. E não somente bonita, mas o "padrão-ouro" do que reconhecemos como beleza: simetria e proporcionalidade — axiomas do que é belo — são conceitos que nós entendemos, estudamos e dominamos através da geometria.

Se antes da geometria o belo era uma ocorrência mística, como o trovão é para uma isolada tribo amazônica, depois de Euclides esse conceito fascinante passa a ser um resultado previsível de um processo conhecido (e, cada vez mais, *replicável*), tal qual o mesmo trovão é percebido pelo morador de uma cidade amazônica.

Essa racionalização do belo, ainda no mundo antigo, pode tê-lo extirpado de seu mistério, mas não diminuiu o fascínio que ele me provoca. O belo prescinde de pudor ou segredo — ao contrário, encanta ainda mais quando nu.

Duchamp, ao divorciar a arte e o belo, estava se revoltando justamente contra isso, contra a nossa capacidade cada vez maior de reproduzir a beleza, o proporcional, o simétrico. Dois mil anos de dedicação quase exclusiva das artes à produção do belo deve ter parecido suficiente aos olhos daquele francês entediado. E o que inicialmente foi pensado como uma provocação virou regra. Eu acho uma pena porque, ao contrário da horda de artistas contemporâneos adoradores de mictórios, não vou me cansar nunca da simetria. Acho que para eles e sua contracultura faltou o infinito.

Infinito é uma verdade matemática que nos garante que sempre haverá novas maneiras de arranjar os acordes de violinos numa orquestra. Sempre haverá novos versos dodecassílabos para serem criados — e sempre, sempre, haverá figuras escondidas dentro dos grandes blocos de mármore, aguardando pacientemente o próximo Bernini libertá-las.

Tive um professor de geometria que pensava assim. "Vejam, meus alunos, apreciem a beleza destas duas linhas paralelas, aparentemente tão pudicas mas que secretamente se encontram no infinito." Só quem não intui o infinito pode se sentir enclausurado nas belas-artes e ir buscar alívio nos braços sebosos do feio, a título de protesto ou de "inovação". Eu não. Se pudesse simetrizar o mundo inteiro, eu simetrizaria.

CONVIDADO 1   Na verdade, eu não compreendo. Deve haver alguma solução. Olhe para mim. Não estamos loucos, não é?
CONVIDADA 2   Estamos há vinte e quatro horas aqui e ninguém apareceu. Fomos esquecidos!

Naqueles primeiros anos, minha paixão pela matemática ainda estava ligada às suas manifestações mais triviais, pela chamada matemática aplicada: eu gostava de como a matemática descrevia (e previa e dominava) o nosso mundo. Mas, como qualquer outro vício, as doses necessárias para garantir alguma satisfação iam aumentando a cada experiência, e a biblioteca do St Hubertus tinha seus limites.

Antes mesmo do meu segundo verão inglês, eu já cruzava o rio Cam para visitar um novo dealer: a biblioteca da Universidade de Cambridge.

Ao contrário da pequena construção gótica com que eu já tinha me acostumado, aquele novo prédio era horroroso mas perfeitamente simétrico — tal qual uma carrancuda zombaria das nossas pretensões de reduzir o belo a conceitos mundanos como a simetria. No centro do estranho edifício subia uma torre marrom sem nenhuma janela, lembrando um farol cujas lâmpadas e refletores foram redirecionados para iluminar o interior da estrutura e não o mundo externo.

As portas de acesso ao hall central do prédio, reaproveitadas de um antigo cofre de banco, davam um ar de gravidade ao simples ato de atravessá-las. Lá dentro, no segundo andar da ala sul, minha paixão pela matemática adquiriu densidade e, assim como acontece com os objetos descritos na física, essa densidade gerou um desejo enorme de profundidade.

Houve um tempo em que a elite do planeta era composta quase exclusivamente de pessoas cultas que desprezavam a produção material e viviam suas vidas em busca do belo. No mundo utilitarista de hoje, essa elite quase extinta exilou-se em segredo nos departamentos de matemática pura das melhores universidades.

Alguns conceitos concebidos pela matemática pura foram parar em teorias econômicas ou cálculos estruturais, mas a motivação de quem os produziu era puramente artística. Matemáticos são estetas e criam teoremas por achá-los bonitos, ou elegantes, ou harmoniosos, mas jamais "úteis", o que os reduziria a um meio, e não mais ao fim que são por direito.

Essa beleza matemática, entretanto, tem mais um aspecto que me agrada muito e que a diferencia de outras artes, como a música ou a pintura: é uma beleza intrinsecamente elitizada. Qualquer delegadozinho responsável pela carceragem da Polícia Federal de São Paulo, por exemplo, pode apreciar um Goya ou um Beethoven, mas apenas uns poucos representantes da nossa espécie, escolhidos pelo acaso (esse outro conceito matemático fascinante), podem admirar a beleza da matemática pura.

Não há dinheiro ou poder ou fama que comprem acesso a essa exposição secreta. Não há meritocracia também. Ninguém pode se esforçar e aprender a ter uma mente matemática. Ou você nasce com acesso, ou está para sempre relegado a conhecer essa beleza apenas através de relatos secundários, feitos por pessoas como eu que, com alguma frequência, resolvem arvorar-se sobre os demais mortais, falando de objetos de oito dimensões ou esferas de raio negativo.

Minha educação coibiu qualquer tentação que eu pudesse ter de exibir minha posição social privilegiada, contudo fez muito pouco para coibir minha vocação para o exibicionismo intelectual. É curioso ver como minha posição social — que tanto protegi com discrições e pudores de bom burguês — foi completamente destruída nos últimos anos mas minha capacidade intelectual, que eu exibi exaustivamente ao longo da vida, e fiz questão de esfregar na cara de amigos e colegas, continua intacta. O pecado da vaidade não parece ensejar punição alguma; já o da falsa humildade, esse me custou caro.

"Hypocrisy is the tribute vice pays to virtue." A frase é de La Rochefoucauld, mas eu a aprendi assim mesmo, em inglês, saída de uma boca infinitamente mais bonita: a boca cor-de-rosa de Meredith de Gambier, minha primeira namorada. Foram meus amigos russos que nos apresentaram, já no segundo ano de St Hubertus.

Aristocrata linda, ruiva de olhos verdes, viciada numa bala de menta chamada Happydent e em Blink 182. Meredith tinha um jeito irônico de se vestir, gostava de roupas masculinas que nela se transformavam totalmente, deixando-a ainda mais feminina. Tinha mania de franzir o rosto sempre que não entendia ou não aprovava algo que ouvia — o que era muito frequente. E, quando fazia isso, seus olhos se estreitavam e seu queixo formava uma covinha que não aparecia em nenhuma outra situação. Eu achava — acho? — encantador.

Talvez por me sentir tão sozinho, talvez porque ela fosse mesmo fascinante, o fato é que me apaixonei completamente. Me inscrevi em aulas de badminton só para passar mais tempo com ela. Decorei todas as letras do Blink 182, e as recitava como se declamasse Mallarmé.

At the end of the longest line
that's where I will always be
If you need to find me, just go to
the end of the longest line
At the end of the longest line
that's where I will always be
At the end of the longest line

Minha vida regrada era dividida entre esperar para estar com Meredith e o infinito raro que era estar de fato com ela. Começamos a fumar juntos. Achávamos que combinava com o pós-sexo, descabelados e suados numa cama de solteiro do dormitório dela, um cachecol vermelho pendurado na fechadura no sinal universal de "ocupado" entre *room-mates*.

Nenhum de nós era virgem quando nos conhecemos, mas ela era mais experiente do que eu. E mais safada também.

Desde os primeiros maços, só comprávamos Gauloises Brunes *sans filtre*, porque nos imaginávamos um pouco como Jane Birkin e Serge Gainsbourg — só que ouvindo Blink 182 — fumando nus na cama. Até hoje fumo apenas Gauloises por causa dela; cada vez mais difíceis de achar e cada vez trazendo uma fração menor do prazer que eu sentia naquelas tragadas suadas.

Minhas lembranças desse tempo parecem muito mais vivas do que as de tantos outros períodos, até alguns dos mais recentes, e mais bonitas também. As paredes de pedra do nosso convento transformado em internato, por exemplo, sempre foram cinzentas e frias, mesmo após os mais exóticos alucinógenos, mas depois de Meredith passaram a abrigar toda uma flora de musgos e pequenas trepadeiras e flores (!) em pleno inverno inglês. E os musgos formavam rostos, mandalas e paisagens lindas, e tinham uma paleta de cores própria, mesclando manchas de verde-petróleo com bordô, de azul-índigo com minúsculos pontos amarelos. Das paredes mais ensolaradas, descia uma rede densa de heras bordadas de jasmins, e no prédio-dormitório dela, no encontro de uma parede com o muro da rua, havia uma cattleya branca enorme, dessas que só crescem na Amazônia venezuelana.

Namoramos por exatos setecentos e um dias. Eu lembro bem porque não se trata apenas de número primo, mas de primo isolado, que é o nome atribuído a primos singularmente distantes de seus vizinhos na progressão linear numérica. Em média, um primo ocorre a cada três ou quatro números sequenciais, mas 701 está distante oito números inteiros de seus primos mais próximos. Uma pequena ilha de indivisibilidade em meio a muitos números vulgares.

Meredith me deixou para ir com os pais morar em Hong Kong e nunca mais nos vimos. Nosso término foi tão adolescente quanto se pode imaginar, com juras de amor eterno, cartas recheadas de ameaças de suicídio, um longo e patético plano de fuga, abortado na véspera por ela, que alegou apenas um lacônico *"I'm too scared"*.

Soube que se casou em Bora Bora e que tem vários filhos; às vezes penso nela, mais com curiosidade do que com saudades. Penso no que deve ter acontecido com a covinha que ela trazia escondida no queixo, depois do advento das rugas. Acho que nunca descobrirei. Até onde sei, Meredith não aderiu a nenhuma rede social.

Se a condição de observador impotente das brigas de meus pais já me incomodava, repetir o papel observando agora o fim do *meu* relacionamento era insuportável. Nossos amigos eram os mesmos, nossos esportes também, nossos cigarros, até nossas drogas. Meu único refúgio era aquele segundo andar da ala sul da biblioteca de Cambridge; qualquer ideia que eu encontrasse lá era uma fuga em potencial, e a mais eficiente delas eu achei quase por acaso, numa prateleira de teses refutadas. Tinha o nome de Programa Hilbert.

Até hoje essa história me fascina. David Hilbert, um dos maiores matemáticos da história, acreditava que a matemática não servia para nada. Não representava nenhuma realidade fora de si mesma. Era apenas um jogo intricado de símbolos e números, um xadrez, com alguns bilhões de permutações a mais.

Ele propôs aos seus seguidores da escola formalista de matemática uma série de vinte e três problemas que, uma vez solucionados, não só provariam sua hipótese como formariam uma espécie de mapa da racionalidade. Se a matemática pudesse ser mapeada com a resolução desses problemas, sua lógica cristalina poderia também ser transplantada para outras áreas do conhecimento humano. Qualquer disputa poderia ser desconstruída logicamente e resolvida através da racionalidade. Essa hipótese, que parece boa demais para ser verdade, é de fato boa demais para ser verdade. Mas eu adorava ler Hilbert. Aquelas certezas todas, a elegância dos postulados, eu sabia que aquilo não terminaria bem, mas todo homem pode sonhar um pouco, às vezes.

Trinta anos depois da proposta original de Hilbert, um matemático desconhecido chamado Kurt Gödel conseguiu demonstrar de maneira definitiva que um dos vinte e três problemas listados, talvez o mais importante deles, era impossível de ser deduzido logicamente. Ao invés de solucioná-lo, Gödel provou que esse problema não tem nenhuma solução racional possível.

A princípio, o Teorema da Incompletude de Gödel mais parece um paradoxo que uma prova. E é bom que seja assim. Tomo prazer em saber que aquelas cinco páginas de equações matemáticas e notações gregas são absolutamente indecifráveis para a grande maioria da população mundial. Nessas profundidades, os não iniciados têm apenas duas escolhas: confiar em relatos de segunda mão ou rejeitar tudo, como marmotas desconfiadas.

O fato é que com seu teorema Gödel enterrou de maneira definitiva o sonho de David Hilbert e dos formalistas de que um dia "nós vamos entender tudo" e a racionalidade vai desvendar todos os mistérios. Mesmo dentro da aritmética mais básica, sempre haverá a necessidade de acreditar em algo sem poder verificar se isso é efetivamente real. Temos de confiar que existe um infinito sem nunca poder deduzi-lo na nossa cabeça.

Só não digo que esse sonho foi totalmente inútil porque a leitura completa do Programa Hilbert me ajudou a não pensar muito (ou ao menos não pensar *o tempo todo*) em Meredith e seus potenciais novos namorados asiáticos.

Gödel foi o último matemático que eu li com o entusiasmo característico de quem se imagina aprendiz. Naquele ano, já estava ficando claro que meu interesse pela matemática seria melhor aproveitado no mercado financeiro do que num campus. Pensando agora, essa conclusão não deve ter sido muito fácil, mas não guardo comigo as memórias de nenhuma tristeza. Sair em busca dos nossos limites é ótimo, encontrá-los, nem tanto.

No meu caso, meus limites tinham nome e sobrenome: Aldous Turner. Aluno do mesmo internato que eu, dois anos mais novo, ele era visivelmente um gênio matemático — e nada como o contraste para tornar óbvio o até então impensável: eu não era tão bom assim em matemática. Nunca seria um expoente da área.

Talvez minha falta de ressentimento com uma conclusão aparentemente dolorosa tenha a ver com o fato de que eu percebi essas limitações numa época em que me reaproximava de meu pai, que me queria de volta ao Brasil e me dizia maravilhas sobre o uso das minhas habilidades em ciências exatas para ganhar dinheiro no mercado. Eu não me interessava muito pelas histórias em si, mas a atenção que ele me dedicou naqueles meses me deixava feliz.

Estava na Inglaterra fazia quatro anos, e o acordo final de divórcio dos meus pais acabara de ser assinado, o que eliminava a necessidade de "me proteger do escândalo", seja lá o que imaginavam com isso. Também havia uma questão pairando no ar sobre minha proximidade perigosa com russos e drogas... Estava mesmo na hora de voltar para casa.

Depois de tanto tempo vivendo naquele mosteiro inglês, a Escola de Administração de Empresas de São Paulo, da Fundação Getulio Vargas, apareceu no meu horizonte como uma curiosa ilhota tropical, prometendo descanso e tesouros a um navegador cansado.

Não acho que seria muita arrogância dizer que sinto orgulho da minha postura na época. Na realidade, não vejo motivo para disfarçar: acho que o desprendimento que demonstrei ao ver meus sonhos e futuro serem redirecionados do elitizado mundo da matemática para o vulgar mundo dos negócios foi exemplar. Fiz o que se esperava de mim e o que minha essência me impelia a fazer.

Dizem que o conde d'Eu, quando viu as tropas republicanas entrando no Paço Imperial, teria dito: "Bom, neste caso, a monarquia acabou". A frase sempre me fascinou. O desprendimento e a frieza dessa postura me parecem irretocáveis. Se não me querem mais aqui, *tant pis!*

Atitudes falam mais alto que exércitos, e sua voz ecoa por mais tempo.

Naquele ano, quem usava exércitos para falar era um professor de matemática chamado Benjamin Constant, um homem que a história já esqueceu. Benjamin foi um dos grandes idealizadores do golpe republicano de 15 de novembro de 1889.

Pouca gente sabe disso, mas uma semana antes de enviar suas tropas ao Paço Imperial, Benjamin encontrou-se com toda a sua família no cais Pharoux, no centro do Rio de Janeiro. Diante de um pôr do sol laranja-intenso, eles entraram num barco alugado e seguiram em direção à ilha Fiscal. A família, de origem humilde, queria ver o baile de perto.

Ao chegar no cais de desembarque, ainda sobre o pontão, onze marinheiros armados bloquearam seu caminho. Um mestre de cerimônias foi encarregado de informar que só passariam daquele local os cavalheiros que portassem consigo um dos cinco mil convites para o baile. Benjamin não tinha recebido nenhum.

Enquanto o conde celebrava suas bodas em porcelana monogramada, o conspirador republicano, com toda a sua família, era obrigado a embarcar novamente no ferry alugado e retornar ao cais Pharoux. Ao fundo, as polcas tocadas pela banda da Marinha devem ter soado como zombaria pura.

É impossível dizer com certeza, mas me parece razoável especular que, de tudo que se planejou e realizou naquela noite lendária, nada foi mais importante que a correta composição da lista de convidados. Tivesse sido menos restritiva, o baile talvez não ganhasse seu maior título, este que lhe conferiu ares imemoriais. "O Último."

Compor uma lista de convidados é uma dessas artes antigas, cochichadas de pai para filho. No meu caso, "de mãe para filho" seria uma expressão mais exata.

A primeira coisa que aprendi foi que as melhores listas devem esconder uma certa tensão interna. Festas harmoniosas demais não serão lembradas. É preciso misturar pessoas de diferentes meios sociais e, principalmente, de diferentes correntes ideológicas para evitar o tédio que sempre espreita eventos dessa natureza.

Mas não basta reunir as pessoas num mesmo ambiente, é necessário instigar a interação. A maneira mais simples de garantir isso pode parecer um tanto excêntrica em 2018, talvez um pouco antiquada também: decidi estabelecer um *seating chart* para o meu jantar.

Lugares marcados nunca foram muito populares no Brasil, embora as razões para isso me sejam totalmente desconhecidas. Como anfitrião, o prazer de escolher onde cada convidado sentará e com quem ele conversará me parece irresistível. A única prerrogativa que não posso lhes negar é a de preencher ou não seu lugar na minha mesa, mas não acredito que esse nível de livre-arbítrio me causará muitos problemas.

Existe ainda uma segunda tensão nas listas de convidados, bem maior que a primeira. Assim como atestaria um esquecido Benjamin Constant em seu píer escuro, a tensão entre quem é convidado e quem ficará eternamente excluído é maior que a festa em si e por muitas vezes serve sozinha de justificativa para todo o resto.

Ao listar os quarenta nomes a serem chamados para o meu banquete, devo confidenciar que meu maior prazer está justamente em pensar naqueles que *não* serão convidados. Que satisfação poder ressurgir em suas vidas, quando me deram por morto, apenas para negar-lhes mais uma vez acesso ao meu mundo. A monarquia às vezes acaba — e nesses casos é preciso dar de ombros friamente, como nos ensinou o conde D'Eu —, mas a realeza ainda persiste por muito tempo.

4

Avenida Beira-Mar, Floripa, agosto de 2008

4739-7057-6229-3371

Esse número ficou anotado num post-it amassado um pouco sujo nas pontas, sambando pela minha bolsa durante seis meses. Já olhei pra ele milhões de vezes e não sei por que não joguei fora. Ainda bem que não joguei. Só agora entendi pra que serve isso: é um bilhete premiado de loteria.

No último réveillon (o primeiro que passei solteira em muito tempo) eu aluguei uma casa de praia no sul da Bahia junto com seis amigas. Não tão amigas assim. Algumas das meninas eu nem conhecia direito. Uma dizem que é puta. Acho que é maldade. Se bem que essas coisas a gente nunca sabe de verdade. Mas, enfim, o que juntou essa turma toda numa mesma casa foi o objetivo de passar o réveillon em Trancoso, e sem gastar muito dinheiro. Como fui eu quem achou a tal casa, tive que pedir o número de cartão de crédito das meninas pra fazer a reserva e, entre todos os cartões, esse era especial porque a dona dele tem três características mágicas:

1. é absurdamente rica;
2. gasta pra cacete;
3. é absurdamente desorganizada.

Não que eu seja uma louca necessitada, não é isso. Tanto é que nem lembrava mais desse post-it. Não sou de ficar babando em cima do que é dos outros. Mas é que tem sido difícil pagar as contas dessa vida frenética sem ter um namorado por perto. O cobertor da minha mesada é curto e, entre os boletos da faculdade, o temaki-nosso-de-cada-dia e as caipis na praia, acaba faltando pro que eu mais gosto: looks novos. O cestinho virtual de compras que eu mantenho no meu e-commerce preferido está cheio há meses, só esperando um número de dezesseis dígitos exatamente como esse aí do post-it. Não vou usar, óbvio, mas será que ainda é válido? Só de colocar os primeiros dígitos o site já reconhece que é um Visa. Dá pra sentir as compras mais perto de mim.

Se eu encontrasse a carteira dessa menina cheia de dólares, eu nunca pegaria o dinheiro, óbvio; mas assim parece tão, sei lá, diferente. Com o monte de gastos que ela tem num mês, minhas compras nem vão aparecer. E ela atrasou o pagamento da casa também. Não pagou juros. Nem juros nem corretagem pra quem achou a casa, que no caso fui eu.

Esse ano começou em linha reta, tipo as estampas daqueles vestidos Marc Jacobs. Fundo branco, linha vermelha. Tudo reto e organizado. Superchique. Mas as coisas vão se embolando, tipo essas estampas novas do Pucci que eu vi na *Vogue* desse mês. Nada mais é em linha reta, tudo vai se jogando pra dentro de si, e as cores também andam se bagunçando um pouco. Não tem mais vermelho nem branco, só um monte de rosas e lilases e verdes-claros. É bem bonito também, mas confunde a gente às vezes.

Meu último namorado me acostumou mal, eu acho. Fiquei mais materialista por causa daquele maldito. Comprei muita coisa com ele e de repente isso parou — e eu sinto falta. Não dele, óbvio, ele deu o que tinha que dar, mas da liberdade de comprar coisas por tédio, ou por capricho, por hábito, disso eu sinto muita falta. (Na verdade eu acho que sinto uma minissaudade dele também.)

As pessoas muito ricas não percebem o privilégio que é poder se livrar de problemas jogando dinheiro em cima deles: "Ai amigãm. Tô tão triste. Briguei com meu namorado. Vamos passar o feriado na minha casa de praia?"; ou: "Mano do céu, que calor! Quebrou o ar-condicionado aqui em casa. Vamos passar a noite na melhor suíte do melhor hotel da cidade e assistir *Pretty Woman* de roupão?"; ou então: "Você não sabe, meu pai tá superdoente. Acham que é câncer até. Não sei o que fazer. Vamos comigo pra Lourdes, rezar e fazer promessa?".

Pra cada dor, um analgésico. Todos caros.

Na verdade, isso tudo é meio bizarro. Essa vontade de repente de ter mais dinheiro do que eu tenho. Quando me mudei pra Floripa, eu achei que tinha deixado esse materialismo pra trás. Aqui as pessoas são muito mais de boa, a vida social acontece na praia, de rasteirinha. Até tem uma turma mais escrotinha, mas não é a minha. Meus amigos surfam e tocam violão, a gente não fica nessa noia de comprar coisas, geralmente. Não tem aquela pressão toda de São Paulo. Eu não tenho a menor saudade de morar naquela cidade-cu. Precisei sair de lá pra perceber como eu era infeliz e cercada de gente mesquinha e hipócrita. Nunca mais.

Viver na praia me deu sardinhas e deixou meus cabelos mais loiros. O sol daqui também deixa meus olhos mais claros e eu evito usar óculos escuros. Além da ilha, meu DNA também resolveu dar um empurrãozinho ultimamente: eu, que sempre fui megamagra, ganhei um corpo mais feminino e meus peitos finalmente resolveram aparecer: que sejam muito bem-vindos, favor não cair.

Eu vou sentir saudades da adolescência quando ela acabar. Não sei bem com quantos anos que ela acaba, vinte e um talvez? Se for com vinte e um já acabou pra mim. Acho que termina quando a pessoa tem que trabalhar. Faz mais sentido contar assim e, nesse caso, eu ainda tenho uns dois anos de adolescência pela frente: já negociei com meus pais e a minha mesada só acaba quando eu me formar arquiteta.

Digo que vou sentir saudades da adolescência porque essa deve ser a fase mais Tim Maia da vida — ninguém quer dinheiro, todo mundo só quer amar.

Seria muito bom se continuasse assim pra sempre, mas não acho que vai. Muita coisa já começou a mudar. Eu vejo minha turma indo cada vez menos em luaus na praia do Rosa e cada vez mais em camarotes naquelas boates de Jurerê. Sem contar que agora todo mundo passou a entender de carro e marca de bebida.

Ou talvez: nada disso é novidade e todo mundo sempre foi megaconsumista mesmo. Isso só passou a me incomodar porque as coisas que a gente gosta e quer ter são cada vez mais caras e as nossas mesadas continuam do mesmo tamanho. Hoje em dia é mais demorado juntar o dinheiro pra comprar nossos sonhos de consumo. Então a gente fica mais tempo pensando neles. Faz sentido.

Pelo menos uma vez por dia, eu entro no site de uma loja cara e olho os produtos todos, sempre adicionando alguma coisa na cestinha virtual, sempre esperando o dia de fartura, quando finalmente vou poder clicar no "checkout" e pagar por tudo aquilo. Talvez meu dia tenha chegado. Acho.

Se eu for bem honesta, vou ter que admitir que nada nessa cestinha é essencial pra mim. Blusas, vestidos, sandálias, biquínis, bolsas, pulseiras. Meu armário já tem uma pilha de cada uma dessas coisas. Mas o detalhe faz toda a diferença, e uma microfivela colorida, uma que seja, muda tudo numa bolsa ou num sapato. Às vezes é uma estampa, às vezes um laço, às vezes é só o zíper mesmo, ou a cor da sola. Não importa. O que importa é o detalhe, porque qualquer mudança da nova coleção já é suficiente pra encafonar o modelo da coleção passada. Li no Facebook outro dia: "Moda é mais timing do que estética". Não existe peça certa se o momento é errado, e é por isso que eu nem lembro do que tenho no armário mas sei de cor o que tá na cestinha. Lembro de cada microfivela dali com muito carinho e amor.

Claro que é um pouco estranho pensar que provavelmente daqui a alguns anos as peças que quero tanto comprar agora vão cair no brega, enquanto algumas das peças que hoje estão desprezadas lá no fundo do meu armário vão voltar à moda, mas isso não me ajuda em nada. De que adianta saber que vestidos bandage vão voltar à moda em 2021 se a festa que eu quero ir é amanhã?

Sou muito boa em ler a maneira como as pessoas se vestem. Numa olhada rápida eu já consigo adivinhar de onde a pessoa é, que tipo de música ela gosta de ouvir, essas coisas. Pra mim, a moda é um jeito de expressar minha personalidade e de me diferenciar do mundo, como uma artista. Hoje em dia eu gosto de me vestir misturando um pouco do estilo clássico da Olivia Palermo com o jeito punk da Alice Dellal. Todo mundo — mesmo quem não gosta muito de mim — admite que meu estilo é único.

Meu pai anda reclamando um pouco do tanto que eu falo de moda ultimamente e das revistas todas que eu fico comprando, mas no fundo ele também gosta do resultado. Se eu ficasse só lendo os livros de budismo que ele me dá, ia acabar raspando o cabelo, engordando uns vinte quilos e, sei lá, andando por aí de camisolão. Já dizia o mergulhador: profundidade demais estoura os tímpanos.

O "checkout" piscando na minha frente. Sei lá.
E também o risco de ser pega. O risco da dona do cartão

descobrir minhas compras. A briga, acusações, dá medo pensar nisso. Mas é um medo bom também. Tipo o medo de pular de paraquedas ou assistir um filme de terror, um medo que faz a gente se sentir viva. Não nos deixeis cair em tentação... Mas às vezes deixeis sim, né?

Quando foi a última vez que eu vi essa menina mesmo? Meses atrás, bêbada de não lembrar o nome.

Escondida no meu quarto, dezembro de 2009

"Deus perdoa o pecado, mas não o escândalo", já dizia minha vó Dettinha.

Foi muito mara comprar tudo que comprei no cartão da Renata. Fui bem disciplinada, usava uma vez por mês só; e tentei não comprar nada muito caro também, pra ficar misturado com os gastos normais dela, era tipo um bônus que eu me dava no final de cada mês.

Pensava: isso vai parar já, já, ela vai perder esse cartão ou alguém vai clonar, e aí acabou. Melhor aproveitar por enquanto.

Depois da adrenalina da primeira compra, as outras vezes foram bem menos emocionantes; pra falar a verdade, eu nem pensava muito no que tava fazendo, eu colocava o número do cartão achando que aquilo era só uma checagem: agora com certeza já bloquearam. Mas todo mês o cartão passava — bom, essa foi a última — e eu tentava não pensar mais no assunto até o mês seguinte.

A única vez que eu fiquei nervosa mesmo foi durante a primeira semana. Não sei por quê, mas achava que as compras que eu fiz iam chegar numa viatura da polícia e eles iam me prender na frente de toda a minha família — tinha a cena toda na minha cabeça, era muito horrível. Mas as compras chegaram bem de mansinho e nada de ruim aconteceu, e então eu meio que parei de sentir medo.

Quando eu era menor, eu gostava de fazer palavras cruzadas e sudoku, eu era bem boa mesmo, e lembro que na última página das revistas de palavras cruzadas estavam todas as respostas. Sempre que eu empacava no meio de um jogo, não resistia e olhava lá atrás — mas uma coluna só. Se olhasse só uma palavra, não era roubo. Olhava rapidinho e seguia com o jogo.

No final, eu nunca lembrava, mas geralmente eu tinha roubado metade das palavras e isso nunca me impediu de correr até meus pais, orgulhosa, e mostrar mais uma revista completa. "Parabéns, Marilu!" Era muito bom.

A diferença agora era que eu não corria pra mostrar pra ninguém, óbvio. Mas deletava a compra da minha cabeça da mesma maneira como deletava as palavras cruzadas roubadas.

Eu chamaria de crime perfeito, se achasse que isso é crime; como não acho, então não chamo. Também não dá pra chamar de perfeito porque demorou treze meses mas eu fui pega.

Em julho, a maldita da Renata resolveu passar trinta dias inteiros fora do Brasil. Acho difícil chamar de férias, porque ela não trabalha nem estuda, mas, enfim, durante o tal "mês de férias" dela, a única compra feita com aquele cartão era a minha. Justamente num mês em que eu tinha resolvido me dar um iPhone novo de presente. É, eu sei que não foi exatamente discreto da minha parte.

Eu estava na faculdade quando o telefone tocou.

"Oi, Renata, tudo bem?"

"Mais ou menos, né?"
Gelei na hora.

Já era muito bizarro ela me ligar — eu não era tão próxima dela assim —, e aquele tom de voz acabava com qualquer chance de ser só uma coincidência.

Eu ainda consegui segurar as aparências por uns dias, falar que tinha confundido os cartões, que era muito distraída, *um lapso*! Senti saudade de meus tempos de colégio em São Paulo, da liberdade que eu tive lá pra criar histórias bonitas. Mas agora a Renata já sabia onde procurar, e a montanha de provas que eu deixei pra trás era muito grande e muito óbvia. Não demorou nada pra todo mundo saber da merda toda.

Chorei pra cacete, óbvio. Ninguém queria nem ouvir a minha versão. E olha que eu tentei várias: culpa dos remédios pra emagrecer; meus pais estão se separando; estou com depressão etc.

Ganhei mais um apelido fofo depois disso: Mariladra.

No final, resolvi que o melhor mesmo era mandar todo mundo tomar no cu, deixar a gritaria do lado de fora, me trancar em casa e tentar salvar minha reputação com quem ainda dava pra salvar: minhas duas melhores amigas e minha família. Pra eles, eu fui sincera — estou procurando tratamento, não sei o que aconteceu, não pensava no assunto etc. E eles me apoiaram. E chorei de novo, porque isso foi bem bonito da parte deles.

Apesar dessa merda toda, eu fiquei feliz de descobrir aquele porto seguro ali, pra mim. Isso que é amor, eu acho.

Para o resto de Floripa, parece que eu morri: ninguém me ligava mais, passavam reto por mim no shopping, um dia na praia Brava eu fiquei acenando feito uma imbecil pra três idiotas da faculdade, os caras se entreolharam, me olharam de novo e entraram no mar. Nem um joinha eu ganhei. Bizarro. E injusto também, né?, porque no fim das contas eu fui a única que se fodeu nessa história: tive que vender meu carro pra pagar as dívidas com a Renata, tive que trancar a faculdade, porque com que cara que eu ia aparecer por lá depois de tudo? etc. etc. etc. Minha vida virou um inferno. E fora que não tem chance de melhorar. Nada aqui faz mais sentido pra mim, quero sair dessa CIDADE-BOSTA e CAGUEI pra essa faculdade-bosta; quero uma vida nova, numa cidade nova.

A vida nova até que eu consegui: eu vou estudar teatro. Já a cidade nova, bom, isso não rolou: por enquanto eu vou pra São Paulo mesmo. Queria ir pro Rio, mas não consigo morar sozinha ainda, e não tenho família por lá.

5

Trinta e dois mil, oitocentos e noventa e nove reais. Esse foi o valor cobrado pelo Buffet Trindade para meu último jantar de aniversário, há dois anos. Sempre chamava o mesmo bufê, nunca pedia desconto. Toda vez que encontrava a banqueteira em algum evento, ela me abraçava e dizia para todos: "Esse é meu MELHOR cliente. O mais lindo também!".

Só que a gratidão dessa gente expira mais rápido que o salmão chileno que eles vendem como selvagem mas que todo mundo sabe que é de cativeiro mesmo, alimentado com doses altíssimas de corante para simular seus primos livres e felizes dos rios gelados do Alasca e da Noruega. "Infelizmente estamos superatarefados este ano, não podemos aceitar mais nenhum evento este semestre..." Eu nem tinha mencionado a data do jantar ainda, e aquele esboço de Dona Benta — com o guarda-roupa da Emília — já fugia pela tangente.

Posso muito bem chamar outro bufê. Não será problema achar alguém disposto a preparar meu banquete de onze pratos com aspirações imperiais. Mas tem algo de errado em ter que *pedir* ao bufê. Não deveria ter que pedir nada. Não é um favor que eles estão me fazendo. Estou pagando muito e sem questionar. Entendo que minha situação atual é um tanto peculiar, mas estamos falando de uma prisão domiciliar, não de uma doença contagiosa. Como isso afetaria um prestador de serviços, ainda mais ocasional?

CONVIDADO 1   Isto tem relação com o sumiço dos criados. Por que se foram?
ANFITRIÃO   Senhores, por favor, não precisam suscitar teses alarmantes. Os criados tiveram suas razões para irem embora.
CONVIDADO 2   Sim! A mesma razão que dão os ratos quando sentem que o navio vai afundar!
MORDOMO   Senhores, se me permitem, a mim pareceu que todos se foram sem saber ao certo por quê. Uma hora antes, estavam todos contentes.

A banqueteira tem medo de que os jornalistas divulguem nota sobre meu jantar. Aquele bando de invejosos, sempre remendando pedaços de informação que encontram na sarjeta e chamando de reportagem. Mesmo assim, qual é o "escândalo" aqui? Não é como se eu estivesse roubando um carro-forte para pagar por um faisão e meia dúzia de garrafas de Château Lafite. Minhas dívidas com a Justiça estão pagas. Ou parceladas. Ou em depósito judicial. Não há questionamento sobre a legítima propriedade do meu dinheiro. Então por que a banqueteira tem medo de recebê-lo?

Não sou nenhum dinheirista barato, apaixonado pela própria riqueza, mas tenho que admitir certo orgulho dos meus recursos pessoais "não herdados". É com eles que meço o valor do meu trabalho, e me incomoda vê-los postos assim, sob suspeita. A maior parte eu ganhei muito longe dessa confusão toda, durante meus anos dourados de Wall Street. Mantive esse dinheiro separado do resto por uma questão sentimental: era como um souvenir de um período agitado e feliz. Hoje em dia, com tantos bens bloqueados por tantos tribunais, essa ilha fiscal veio muito a calhar e atesta, mais uma vez, o valor dos meus *American years*.

Quando terminei meu MBA, em 2007, estava decidido a nunca sair de Nova York: me identificava com as pessoas, adorava a cidade e amava a distância da minha vida pregressa no Brasil. Ali eu não era filho de ninguém, nem afiliado natural de nenhuma tribo; eu era o Egie, *spoiled brat, funny guy*, recém-contratado pela área de produtos estruturados do Chatham Capital e finalmente iria parar de usar dinheiro de família para pagar o aluguel. Não que isso me incomodasse muito; não sofro do constrangimento luterano por receber mesada aos trinta anos. O dinheiro que financiava minha boa vida em Manhattan não foi ganho pelo meu pai e nem, aliás, pelo meu avô. Por muitas gerações já, o papel de meus predecessores foi o de investir um patrimônio largamente herdado e custear suas existências usando uma parte dos juros obtidos no processo.

De certa forma, olhando por essa perspectiva, todos eles também viveram ou vivem de mesadas: rendimentos de uma herança acumulada na construção das estradas de ferro do Rio, ou dos palácios de Brasília, ou de engenhos em Pernambuco, e que em algum momento deixou de crescer por mérito de ideias empreendedoras mas que conseguiu se manter como credora nos ciclos subsequentes, de modo a ainda proporcionar aos seus beneficiários a possibilidade de alugar um confortável loft no Soho, a duas quadras do Cipriani Downtown.

Minha vida de *investment banker* em Nova York ia bem: consegui ser promovido duas vezes com poucos anos de casa, gostava dos personagens com quem me relacionava e não me importava com as longas horas de trabalho. Pressão profissional esconde o tédio perfeitamente.

Meu trabalho era dividido em projetos e cada projeto era na verdade uma grande montanha de dinheiro, pertencente a uma família ou fundação, que precisava ser investida da maneira mais eficiente possível. Eficiência, nesse caso, significa valorizar a montanha de dinheiro todo ano, pelo maior percentual possível, com o menor risco possível. Em qualquer momento durante aqueles anos intensos, eu estava tomando decisões de investimento para várias montanhas de dinheiro, investindo em dezenas de países e milhares de empresas.

Sistemas complexos inviabilizam qualquer tentativa de moralismo barato. Não existia preto ou branco nas decisões. Nem, aliás, uma única pessoa responsável por tomá-las. Tudo era difuso e correlacionado. Um investimento feito de determinada maneira poderia ser visto como sonegação no país de origem mas ser plenamente legal no país de destino. Ou ainda, um mesmo procedimento pode ter sido julgado legal e ilegal por dois órgãos fiscalizadores diferentes no mesmo país. Os códigos tributários internacionais, em especial, parecem ter sido todos desenhados por M. C. Escher após uma dose recreativa de LSD.

Talvez o pecado mais famoso do mundo financeiro, o *insider trading*, pareça mais simples visto de longe: ganhar dinheiro com informações privilegiadas, às quais o mercado como um todo não tem acesso, é crime, porque configura concorrência desleal. Ainda me lembro das aulas de finanças na faculdade. Na prática, até mesmo o conceito de "informação" é vago.

Em retrospecto, não sei dizer quando foi a primeira vez que cruzei alguma dessas linhas morais que, em última análise, me levariam a cometer os crimes pelos quais seria preso anos mais tarde. Mas consigo dizer exatamente onde estava quando as cruzei: 89º andar, 401 Park Ave, Chatham Capital Global Headquarters. Foi ali que percebi que estava fazendo algo moralmente errado. Não senti vergonha ou arrependimento, nem sequer senti medo; apenas registrei o fato. Feliz e entretido, longe de qualquer tédio. Naquela época, minha energia toda estava dedicada ao jogo que eu jogava e a como ganhá-lo todas as vezes. Dizem que parte do motivo pelo qual se ganha tanto dinheiro em finanças é o fato de o assunto ser tão chato que quem se dispõe a viver neste mundo merece remuneração condizente. Uma rápida lida na seção de economia de qualquer jornal confirma essa tese.

Em vez de me entediar listando aqui os mecanismos de remuneração variada, os incentivos cruzados em comissões e rebates, a competitividade forçada desse mundo chato, eu vou me permitir revisitar aqueles primeiros desvios morais usando uma metáfora mais interessante e igualmente verídica.

Quando voltei para São Paulo, toda quarta-feira eu jogava squash no clube Harmonia com um amigo.

Assim como eu, esse esporte é urbano por excelência: a quadra é fechada, ignora o clima externo, e a partida é rápida e intensa. Em meia hora, queimam-se mais calorias do que numa partida de tênis de quatro horas. Sem contar que no squash ninguém dá gemidos ridículos ao sacar. Nunca entendi como levam tênis a sério com todos aqueles gemidos.

Sempre jogava no mesmo horário, na mesma quadra, com o mesmo amigo. Nosso nível era parecido, os resultados eram equilibrados, sempre terminávamos exaustos. Depois de uns poucos meses, já tinha perdido o interesse pelo jogo, mas aí introduzimos uma novidade: começamos a apostar um jantar (com vinho).

Aquilo não fazia nenhuma diferença em nosso orçamento mensal, mas não eram mais pontos imaginários apenas. Havia um ritual de celebração no final. Havia a ameaça da humilhação prolongada do perdedor.

Os jogos passaram a ser mais competitivos, claro. Mais do que isso: passaram a ser roubados também.

Numa partida de squash, o que não falta são jogadas duvidosas, nas quais apenas um dos jogadores pode ver quem ganhou o ponto. No começo, eu me aproveitava dessas jogadas com um certo desconforto. Não era, afinal, algo de que me orgulhava. Mas, com o acirramento da competição, eu lançava mão das minhas interpretações duvidosas com cada vez mais frequência. Até que chegou a quarta-feira 14 de maio de 2014. Meu amigo sacava, e era um set ball — se fizesse o ponto, ganhava a partida. Ele sacou, eu devolvi curta, ele correu para pegar de maneira que seu corpo encobria a bola. Do ponto de vista dele, eu não poderia ver o que estava acontecendo. Mas, por um improvável ângulo, por entre as suas pernas, pude ver claramente a bola pingar uma segunda vez no chão e sair arrastada de lá pela raquete atrasada do meu adversário.

Fiquei quieto. Era um sacrifício calculado: não reclamar o ponto daria a ele aquela partida, mas me daria uma consciência limpa e nova, e isso valia muito mais. Suportei o jantar da derrota com um sorriso inconfesso no rosto o tempo todo. Éramos iguais, afinal.

Em dois anos jogamos quarenta e três partidas. Eu ganhei trinta e uma delas. *Fair and square.*

Da mesma maneira, depois de alguns meses trabalhando no Chatham Capital, eu já tinha visto todos os meus colegas, concorrentes, chefes, subordinados, todos, pegarem uma bola após o segundo pingo e reclamarem para si o ponto. Em pouco tempo naquele ambiente, eu também comecei a ganhar mais fácil as partidas que jogava. *Fair and square.*

Toda segunda-feira, eu sentava na minha mesa compartilhada, com a vista para *downtown* parcialmente encoberta pelas telas pretas de um Terminal Bloomberg, ligava meu computador e reclinava levemente minha cadeira. Nos cantos das janelas, um pouco de neve se escondia do vento desde a noite anterior e ampliava meu conforto em estar do lado certo daquele enorme vidro multilaminado. *Pecunia vincit omnia.*

O plano de carreira em lugares competitivos costuma obedecer à lógica do *up or out*. Ou você é promovido em pouco tempo, ou está fora do jogo. Perca três partidas seguidas e está fora do campeonato.

Eu gostava de ler os e-mails de despedida dos colegas que ficavam pelo caminho. Sempre tinha alguma passagem sobre "buscar novos desafios". *Bullshit* total. A grande maioria saía porque não tinha entregado as metas e precisava encarar uma realidade que me assusta até hoje. Se fossem honestos, eles diriam alguma coisa parecida com isto: "Só nesta empresa, tem vinte pessoas numa função semelhante à minha. Se eles ficaram e eu saí, não estou entre os melhores daqui. Se não estou entre os melhores nem mesmo nesta empresa, não tenho chances de ganhar este jogo, que envolve dezenas de outras empresas concorrentes. Se não tenho chances de ganhar o jogo, que CARALHO eu fiz com os últimos dez anos da PORRA da minha vida?".

Eu posso ter sido preso, condenado, ter praticado corrupção ativa, lavagem de dinheiro, ter delatado meu sócio... Mas, graças a Deus, nunca tive que escrever um e-mail falando de "novos desafios". Não teria forças para uma humilhação dessas.

Talvez por isso me seja tão difícil agora encontrar as palavras corretas para escrever nos convites do meu jantar. Não quero de maneira nenhuma passar a impressão de rendição servil que lia naqueles e-mails, mas também reconheço que não posso parecer arrogante. Preciso achar um equilíbrio entre uma convocação e aquele "desculpa qualquer coisa" que alguns incautos parecem esperar de todos os anjos caídos.

Meu instinto é manter a normalidade e fingir que nada mudou, mas tenho a sensação de que posso ser interpretado como louco se seguir nesse caminho, ignorando o rinoceronte no meio da sala. Ignorando que *eu* sou o rinoceronte.

Na minha última festa de aniversário, os convites eram em papel-cartão branco, gramatura seiscentos, com laterais douradas e letras pretas gravadas em relevo duplo formando apenas o monograma "EBP37" abaixo de um plano cartesiano com duas linhas onduladas representando seno e cosseno, marcadas bem na interseção referente ao ângulo primo 37. Não era tão bonito quanto meu convite de trinta e quatro anos, mas fiquei feliz com o resultado.

Encomendar convites à papelaria inglesa Smythson de novo, mesmo que dessa vez tenha que fazê-lo pela internet, me dá uma maravilhosa sensação de normalidade. De fato, o mundo está voltando aos eixos.

Depois de alguns testes, cheguei num modelo satisfatório, com a delicada silhueta de uma ilha flutuando sobre um texto em que menciono apenas en passant minha prisão.

Caros amigos,
depois de dois anos turbulentos,
gostaria de convidá-los de volta à normalidade
(ainda que apenas por uma noite).

EBP39

Black tie.
RSVP

Essa é a primeira vez em muitos anos que sinto saudades de morar na América. Lá todos confirmam recebimento e presença em no máximo três dias, diferentemente daqui, onde a espera por confirmações se arrasta por semanas. Talvez eu tenha sido um pouco ingrato com Lady Liberty quando decolei pela última vez do JFK e olhei aliviado para aquela estátua horrorosa.

Depois de sete anos em Nova York, um tipo discreto de angústia começou a me cercar. Eu tinha sido promovido várias vezes, ganhara bônus enormes e irrelevantes. Gastei a maior parte deles com coisas das mais idiotas. Passei a alugar um loft maior ainda em Tribeca, com jardim e ofurô. Devo ter usado aquela área externa cinco vezes, se tanto. Por seis meses, tive um Bentley conversível e fiz planos de ir ao vilarejo praiano de Montauk todo fim de semana. No primeiro domingo em que fiquei preso no trânsito voltando de lá, vendi o carro.

No começo, o que me angustiava era uma certa dificuldade de me sentir original. O site de *listing* que usei para encontrar meu loft tinha quarenta e sete unidades com as mesmas características que o meu; meu chefe tinha um Bentley igual ao meu, outras cinco pessoas no escritório também.

Quanto mais partidas eu ganhava, mais jogadores parecidos comigo descobria. *Welcome to corporate America*: parece uma festa muito exclusiva, até você fazer parte dela e perceber que talvez tenha mais gente do lado de dentro do que fora. Eu gostava da América como os impressionistas gostavam do Japão ou os socialistas gostam dos pobres, mas não foi apenas essa constatação que me fez voltar para o Brasil.

Ao longo dos meus anos de *expat*, o poder, aquele terceiro grande antídoto para o tédio, foi deixando de fazer efeito. Eu, que sempre desprezei os caricaturais e fugazes "poderosos", descobria que também era um deles, e que meu exílio enfraquecia meus laços com o trono.

Por mais que subisse a escada corporativa americana, nunca mandaria em nada por ali. Embora fosse humilhante, eu começava a admitir que, sempre que estive em contato com uma autoridade daquele país, senti certo medo. Quando era parado por um guarda de trânsito gordo, ou questionado por um agente de imigração no aeroporto, ou, mais ainda, quando tinha que responder às auditorias da agência responsável por regular o Chatham Capital, sentia medo. Podia sentir, no meu maxilar contraído, toda a minha vulnerabilidade àquele sistema ao qual eu nunca pertenceria verdadeiramente. E detestava esse sentimento. Tudo que eu queria era poder gritar a frase mais patética e ao mesmo tempo mais deliciosa do mundo: "Você sabe com quem está falando?". Palavras que nunca devem ser ditas mas que todo brasileiro rico leva no bolso. *Just in case*.

Tive um grande amigo, nos meus tempos de Columbia Business School, chamado Raul Revillagigedo, ou Don Raul, entre nós.

Herdeiro de uma das maiores redes varejistas do México, Don Raul veio ao mundo sem pressa e com fome. Costumava dizer que seu pai tinha trabalhado tanto na vida que ele já nasceu cansado. Tinha uma eterna barriga de boêmio, gostava de organizar festas e preparar pratos com frutos do mar. Não era nenhum gênio, mas também passava longe de ser burro. Além de coordenar alguns investimentos imobiliários para sua família, era um filantropo conhecido, e ajudou a erguer um dos principais museus da Flórida.

Num feriado de Quatro de Julho, Don Raul ofereceu aos amigos uma de suas famosas paellas no apartamento de Miami. Eu não compareci, mas posso imaginar o sorriso largo e os cabelos desgrenhados, o avental bem-humorado, com a estampa do

Davi de Michelangelo, que arrancava risadas dos convidados pelo contraste com seu corpo rechonchudo. Posso imaginar também seu orgulho de bom anfitrião, sua segurança com aquele mundo que criou para si, durante os muitos anos vividos na América.

Don Raul morava em Nova York fazia três anos, mas antes disso passara mais de uma década em Miami. Quando dizia "lá em casa", estava se referindo a Miami, e não a Monterrey, sua cidade natal.

Terminada a paella e várias garrafas de vinho, ele decidiu estender a noite numa boate. Acompanhado por três amigas, entrou num dos seus megacarros — outro hobby dele — e partiu em alta velocidade pelas ruas largas de South Beach. A dois quarteirões do destino final, um farol verde piscou distante e se transformou em vermelho antes que Don Raul conseguisse passar seus mocassins coloridos do pedal do acelerador para o pedal do freio. "Venha aqui, se for bom mesmo", dizia também aquele farol. Don Raul foi.

A batida contra um pequeno Honda deixou três pessoas levemente feridas. No banco de trás do megacarro, duas amigas se preparavam para cheirar cocaína no momento do acidente. Com o impacto, o pó branco voou para todos os lados.

Quando a polícia chegou, encontrou um estrangeiro bêbado, polvilhado de cocaína, tentando entrar num táxi para sumir dali.

Don Raul cumpriu quase cinco anos de pena num desses presídios *supermax*, de segurança máxima. Condenado não apenas por dirigir bêbado ou acima da velocidade permitida, mas também por tráfico de drogas.

Nessa mesma América, alguns estados mais ao norte, o senador Ted Kennedy matou sua amante dirigindo bêbado em Martha's Vineyard, enquanto ignorava a esposa grávida em casa.

Ele não passou um dia sequer preso, não deixou o Senado, e sua esposa não só manteve o casamento como o acompanhou durante todo o julgamento.

O senador admitiu ter fugido do local do acidente, o que deveria levar a uma sentença mínima de duas semanas, ainda que inocentado das demais acusações, mas o juiz decidiu retirar também a sentença mínima.

Na sua declaração final, o magistrado atribuiu a total ausência de punição à "trajetória límpida" do político e ao fato de que ele "já está sendo, e certamente continuará a ser, punido de maneira muito mais dura do que esta corte jamais poderia punir". No mesmo ano, o senador foi nomeado líder do Partido Democrata no Senado. Nas décadas que se seguiram, ele foi reeleito outras cinco vezes.

Fico pensando qual seria a punição a que o juiz de Martha's Vineyard se referira na sentença. Natural de Massachusetts — assim como o senador —, ele deveria imaginar, aterrorizado, o constrangimento a que se veria submetido se um dia se encontrasse na mesma situação. Imaginou a vergonha, a culpa, o medo cristão de ter sua alma condenada... Nenhum dia de cadeia seria pior do que isso, pensou. Talvez, se conhecesse o Centro de Detenção Provisória de Pinheiros, ele mudasse de ideia. Ou talvez não importasse.

De certa maneira, eu admiro essa sentença. Ela requereu compaixão e coragem do juiz. Compaixão por seu semelhante e coragem para admitir, assim tão publicamente, que as regras do sistema não são tão rígidas quando se trata de um *semelhante*. Como qualquer sistema complexo, a América também parecia conviver com alguns paradoxos interessantes. E, aos poucos, ficavam claros para mim os mecanismos que regiam essas predileções sistemáticas.

Nem mesmo uma vida inteira de filantropo bem-intencionado faria um juiz de Massachusetts (ou de Miami) ver Don Raul como um *semelhante*, imaginar-se na situação dele, adivinhar suas culpas ou seus remorsos. As diferenças entre os dois são do tipo que só diversas gerações de Don Rauls em sequência, muito bem alinhadas, poderiam apagar. E quem era eu naquele mundo, senão um Don Raul que não sabia sequer fazer uma paella decente?

Ted Kennedy morreu no mesmo ano em que Raul Revillagigedo bateu o carro, e seu patrimônio foi estimado em duzentos milhões de dólares. Meu amigo mexicano deve ter acesso a dez vezes mais que isso. Esse "excedente" de dinheiro lhe foi da mesma serventia que seu excedente de peso: nenhuma.

Ter muito dinheiro é sempre melhor do que não ter, mas existe um ponto a partir do qual os números param de fazer sentido. Dizem que o dinheiro não muda ninguém, apenas desmascara; e é num mundo sem máscaras que as predileções humanas ficam mais claras.

Meio constrangido por demorar tanto tempo para enxergar o óbvio, finalmente admiti que aquele sistema jamais me cederia um centímetro sequer das suas rédeas. E então voltei para o Brasil, tão certo de que não teria o mesmo problema por aqui quanto uma criança que salta do balanço em movimento e pousa no chão, feliz e estúpida, ignorando completamente que o balanço vazio voltará em breve para lhe acertar a cabeça.

> SOCORRISTA 1   Mais fácil que instalar alto-falantes é entrar na casa, já que nada nos impede. Mas ninguém entrou até agora!
> SOCORRISTA 2   Absolutamente correto. Ontem à tarde enviamos uma brigada de socorristas com equipamentos completos. Às nove horas da noite, voltaram para o quartel, sem que um só homem tivesse entrado na casa.
> SOCORRISTA 1   Mas... eles tentaram entrar, comandante?
> SOCORRISTA 2   Não. Este é o grave do caso.

Das trinta e sete pessoas contempladas até o momento com meus convites Smythson, treze responderam com desculpas não muito convincentes, cinco confirmaram presença e dezenove permanecem num silêncio cruel, desses que deveríamos reservar apenas aos mais vis dos nossos inimigos, não a pessoas tão próximas, tão carinhosas, tão íntimas. Dei apelidos para muitas delas. Visitei seus parentes doentes. Guardei segredos. Dividi algumas camas também. Mesmo os convites que distribuí com certa benevolência, como o que enviei a uma ex-namorada, um tanto apegada demais ao dinheiro e afeita demais a emendar relacionamentos uns nos outros, foram declinados. A recusa insípida dessa moça foi anotada pela cozinheira num bilhete depois esquecido ao lado do meu telefone. Como se o destinatário tivesse morrido.

Logo que saí da prisão de Tremembé e pude voltar a este apartamento, organizei um pequeno jantar de boas-vindas. Abri cinco garrafas de Gaja Sperss 1998. Convidei os poucos amigos com quem ainda mantinha contato — os mesmos cinco que agora me confirmaram presença — e tomamos um porre.

Naquela noite, também pude contar com a ajuda discreta da empresa offshore proprietária do apartamento vizinho, e meus convidados chegaram e saíram sem maiores incidentes. Mas, à mesa, as ausências falaram mais que as presenças, e pareciam se recusar a ir embora. Amélia, minha ex-noiva, foi morar em Londres logo depois da minha prisão. Ficou noiva outra vez, parece. Um sujeito bem mais novo que ela.

Meu pai também não pôde vir. Não quis vir, na verdade. Não diria que estamos brigados — ele coordenou toda a minha defesa —, mas meses de atrito e ressentimentos cruzados não deixaram nosso convívio muito fácil. Já minha mãe, fui eu que não convidei; tenho vergonha quando ela bebe e, mesmo que ficasse sóbria, como tem prometido, nossos encontros recentes viraram sessões novelescas, com choro, abraços e um grau de coitadismo que me incomoda. Não queria isso na presença dos meus amigos.

O resto dos Brandor Poente, não tenho interesse em reencontrar. Se os convidasse para qualquer coisa, estou certo de que viriam. Os moralistas são os primeiros a perdoar os pecadores; nenhum deles resistiria à tentação de se imaginar superior, graciosamente concedendo sua misericórdia ao filho pródigo que retorna pedinte. Não pretendo brindá-los com essa satisfação. Prefiro minha mesa vazia a me ver cercado por olhares condescendentes.

Naquele jantar eu já intuía algo que só venho confessar abertamente agora: não posso mais escolher meus amigos. Fiquei com quem sobrou. E, via de regra, quem sobrou é um pouco medíocre, devo admitir. É preciso coragem para manter viva a amizade com um condenado tão público quanto eu, mas é justamente da leveza dos covardes que eu mais sinto falta. Um jantar de boas-vindas era para ser algo despretensioso, superficial, mas a atmosfera naquela noite parecia a de um encontro clandestino da Resistência Francesa.

Fizemos alguns brindes, ouvi protestos indignados contra as arbitrariedades do Ministério Público, trocamos fofocas sobre juízes e delegados. Não tínhamos chegado ao prato principal, e eu já estava profundamente entediado, olhando meu celular discretamente por baixo da mesa. Era àquilo que passaria a se resumir minha vida social?

Há cinco anos, nesta mesma sala, eu recebia cento e vinte pessoas para comemorar meus trinta e quatro anos. A lista, uma obra-prima de combinações exóticas, misturava políticos com artistas, empresários com intelectuais, modelos, teólogos, ecologistas, e até alguns matemáticos premiados, de quem eu tentava me aproximar na época, com planos de reacender a área no Brasil...

Lembro de uma discussão apaixonada e um tanto bêbada sobre o paradoxo triangular da Santíssima Trindade. Lembro da risada de dentes impossivelmente brancos de uma modelo cuja saia poderia ser usada como um cinto largo. Lembro de políticos concordando diligentemente com empresários e discordando deles no minuto seguinte, para agradar algum artista preocupado com a Amazônia. Eu lembro de tudo e sou assombrado por tudo. Talvez não tenha sido uma ideia tão boa assim a prisão domiciliar. Tremembé não tinha todos esses fantasmas. Morris Sabbath uma vez disse ao fantasma de sua mãe: *"You don't exist. There are no ghosts"*, e foi imediatamente corrigido: *"Wrong. There are only ghosts"*.

Faltando apenas uma semana para o meu banquete, tenho um número maior de pratos que de convidados confirmados. E nenhuma perspectiva de alterar isso. Um recuo agora é um pouco humilhante, especialmente com o bufê novo, que recebeu o pagamento antecipado e não vai me devolver nada, mas talvez seja a melhor alternativa.

Eu sabia que corria esse risco quando decidi oferecer o banquete. Como um adolescente que se declara, me expus à rejeição e transformei em certeza o que escondia havia meses na gaveta da suposição. Meus amigos não o são mais, e não é porque *eles* mudaram.

A fazenda da minha família tem uma alameda de palmeiras-imperiais. Todas com mais de trinta metros, bem aprumadas. Menos uma. Segundo os funcionários mais velhos, ela ficou pelo caminho, parou a meia altura. "Alguma coisa errada na raiz dela." Meus amigos provavelmente farão um jantar parecido com o meu, numa data próxima à que escolhi. Só que não será na minha altura e eu não vou enxergar daqui. Daqui eu só enxergo o farol da São José, piscando de dia e apagando à noite.

Queria poder mandar a todos um bilhete idêntico ao que recebi de Meredith naquele agosto molhado de 1995. *"I'm too scared.*" Se é para cancelar tudo, que seja assim, de um modo misterioso. Quem sabe não coloque em todos um pouco da incompletude que este bilhete colocou em mim.

    O que me consola é saber que o tempo deve atenuar meu isolamento. Não está claro quanto, mas certamente atenuará. É uma fina ironia perceber que esse antigo carrasco, o tempo ocioso que se arrasta, virou meu maior aliado. Conto com ele, agora, para normalizar minha vida. Que pena. Eram lindos os convites Smythson.

6

Itaim Bibi, São Paulo, janeiro de 2012

Eu adoro comer sushi sozinha no balcão do Unagui. Quanto mais entupido de gente, melhor. Vou sempre direto da ioga, o que me dá uma desculpa pra desfilar de calça legging e top. (Tudo preto e discreto, meu cabelo preso num rabo de cavalo bem alto.)

Uma coisa boa do Unagui é que o maître fica no meio do salão, e não na porta do restaurante como geralmente os maîtres ficam. Eu digo que isso é bom porque eu gosto daqueles olhares todos que vêm vindo comigo conforme eu vou atravessando o salão lotado, vêm escorregando pelo meu corpo todo, alguns meio descarados, outros mais discretos: eu sou o terror das namoradas ciumentas e eu *adoro* isso.

Eu sempre consigo um lugar no balcão, de frente pros três sushimen, e fico viajando ali, olhando eles fazerem bolinhos de arroz com as mãos e enrolarem o nori em volta dos temakis e cortarem umas fatias de vieira fininhas como papel e também martelarem o polvo com um martelinho pequeno deles. Me dá fome só de lembrar. Atrás de mim tem sempre um povaréu vestido de preto dos pés à cabeça (como se usa preto em São Paulo!): gente bebendo em pé enquanto espera uma mesa, gente comendo espremida, cinco pessoas numa mesa pra duas, gente servindo saquê naquelas garrafas enormes, gente gritando, gente rindo, gente empurrando e pisando no pé. Mas esse circo todo podia estar em outro planeta, porque ali no balcão eu me sinto na maior paz. Fico mais relax ali que no tapetinho da ioga.

Bem em cima dos sushimen tem uma estatuazinha de um daqueles gatos japoneses. Esse gato fica sempre me encarando, com uma pata levantada, meio que acenando pra mim, e a outra segurando uma placa dourada, com alguma palavra japonesa curta. Pelo menos eu acho que é uma palavra curta. Pode ser uma palavra enorme ou até uma frase. Pela cara do gato, deve ser algo como "cuidado" ou "perigo"; mas, pensando bem, não faria muito sentido pro dono do restaurante comprar uma estátua com essas palavras. Mais provável um "boa sorte".

Mas, enfim, como em tantas outras quintas-feiras, nessa também não demorou muito pra surgir alguém do meu lado mendigando uma olhada minha, mas eu nunca fui de dar moral pra desconhecido. Mesmo quando o cara é insistente e mesmo quando são olhos bem penetrantes.

"Oi."
"Oi."
"Te conheci com a Astrid. Você estava numa festa em casa."
Pronto. Assim acabou meu sonho de ignorar o vizinho de balcão; pelo menos dessa vez era alguém gato, simpático, engraçado, do tipo que, se eu tivesse solteira, provavelmente teria retribuído o olhar antes. Mas eu não tava solteira. Nem tão comprometida assim, também. Namoro até seis meses não é namoro, é test drive.

Minha vó costumava me dizer que mais vale namorar uma águia do que um pavão. Essa frase é bonita, mas a ideia é furada. Eu entendo bem desse assunto: já namorei com algumas águias nessa vida. Já namorei com tucanos e pavões e papagaios e pinguins e até com um avestruz uma vez, mas isso não vem ao caso. Naquela noite, no Unagui, eu namorava com a águia mais águia que já conheci na vida. Rico, superinteligente, trabalhou vários anos como diretor de um megabanco em Wall Street, e só voltou pro Brasil porque foi convidado a assumir a presidência da empresa da família. Uma dessas pessoas competitivas pra cacete. Minha vó teria adorado ele. Mas, quanto mais eu convivia, mais egoísmo eu descobria. Era tudo pra ele, nada pro mundo. Puta cara escroto, sério.

Já os pavões só querem uma coisa na vida: uma plateia que pague pau pras suas penas bem cuidadas. Só isso. Eles topam qualquer coisa por um aplauso. O pavão é um cara generoso, que só fica feliz de verdade quando a turma tá feliz, porque ele sabe muito bem que uma plateia satisfeita aplaude com mais vontade. Adoro.

Bom, enfim, mesmo sem ter uma plateia por perto, aquele menino que sentou do meu lado (com uma camiseta preta colada e um puta Audemars Piguet de ouro no pulso) era sem dúvida nenhuma um pavão. Mas não era do tipo dócil: esse pavão tinha um olhar forte e, conforme eu conversava com ele, eu senti vontade de contar que sabia muito bem quem ele era, e que eu lembrava muito bem de ter ido numa festa dele. Eu também lembrava de ver uma das famosas brigas dele. Outra coisa típica dos pavões: qual o objetivo prático de brigar numa festa, a não ser pra exibir os músculos? Eu lembro que foi uma cena mara. No começo eu fiquei um pouco chocada com aquela covardia toda (o outro cara estava completamente bêbado, abanava as mãos no ar que nem um daqueles bonecos de posto de gasolina), mas aos poucos eu fui ficando hipnotizada por aquilo. A potência e a precisão daqueles socos todos, aqueles punhos travados cheios de veias e meio sujos de sangue, aqueles bíceps inchados, esticando (quase rasgando) a manga da camiseta preta. Eu queria ter gravado no celular pra rever depois. Foi foda.

Só que eu não ia admitir tudo aquilo assim, logo de cara. Melhor deixar o pavão se esforçar um pouco antes, né?

Aceitei a carona, mas foi só pra testar minha capacidade de adivinhar qual carro ele dirigia. Eu tinha chutado Porsche Cayenne branca, mas a Ferrari vermelha que apareceu não foi assim nenhuma surpresa também. "Eu coleciono Ferraris", ele disse, de peito estufado e cauda aberta num leque de penas coloridas.

Se minha vó fosse viva e visse a São Paulo de hoje em dia, ela concordaria comigo. Uma águia só serve pra quem ainda precisa ganhar dinheiro; pra quem pretende herdar dinheiro, ou casar com dinheiro, é melhor escolher alguém mais deslumbrado com a vida.

Até porque é mais fácil agradar alguém que quer fama e admiração do que alguém que quer outras coisas, como grana e poder, por exemplo. Porque fama é uma coisa ilimitada: seus quinze minutos não reduzem os meus quinze minutos. Num mundo em que todo mundo passa a maior parte do tempo olhando pra todo mundo, sempre tem alguns pares de olhos disponíveis pra servir de plateia.

Nessa feira livre gigante que é São Paulo, todo mundo quer alguma coisa por alguma coisa e o que eu posso oferecer de melhor é visibilidade, eu acho. (As águias não se interessam muito por isso.)

Eu tenho uma imagem pública foda. Não dá pra querer ter sucesso como atriz (ou como modelo, ou como blogueira, ou como DJ, ou como chef, ou como artista plástica, ou como qualquer coisa, na verdade) sem ter uma boa imagem pública. Conseguir uma boa imagem dessas é uma coisa complicada, dá trabalho pra cacete, mas no final vale a pena. Tem que cultivar os amigos certos, escolher bem os filtros no Instagram e usar (mas não abusar) das bikini pic.

Acho que eu comecei a dar valor pra isso de ter uma imagem bem-feita quando conheci alguns desses seres onipresentes da cidade que parecem ser amigos de todo mundo — os tais promoters. Eles viviam aparecendo nos eventos da minha turma do teatro, e sempre convidavam a gente pra um monte de coisa legal. Trabalho interessante o deles: de um lado, eles têm que conhecer e agradar um monte de pessoas bonitas e pobres, querendo vantagens por serem bonitas. Do outro lado, têm que conhecer e agradar um monte de gente rica e feia, querendo comprar uma clientela bonita pra seus bares, restaurantes e boates, na esperança de que isso atraia outras pessoas ricas e feias, que por sua vez pagam a conta desse circo todo. Isso quando o promoter consegue entregar o que prometeu. Quando ele não consegue, aí a única coisa que acontece é que as pessoas bonitas e pobres comeram e beberam de graça e sozinhas.

De promoter em promoter, eu construí uma rede de amizades bem variada — o que é importante, porque, se você tem só uma turma, vira arroz de festa. Tem que passar uma certa imagem de escassez também: às vezes apareço por aqui, às vezes não.

Enfim, como eu estava dizendo antes de transformar isso aqui num tutorial de influencer iniciante, aquele encontro no Unagui foi meio bizarro, mas foi legal, porque juntou a minha fome por uma aventura nova com a vontade do Tácio de me comer.

Não faz nem uma semana desde aquele encontro, e eu já estou namorando com ele, Tácio di Grotta. Playboy, bad boy e colecionador de Ferraris. Eu não sabia ainda, mas estava me apaixonando rapidinho.

Jardins, São Paulo, março de 2012

Eu divido a conversa desse povo rico de São Paulo em duas categorias, e só duas: Melhor do Mundo e Fofoca.

Melhor do Mundo funciona assim:

Passo 1: Alguém fala qualquer coisa. (Sério. Qualquer coisa. Já vi Melhor do Mundo até sobre nuvens.) Exemplos: "Onde vocês vão passar o Carnaval?"; "Meu tio quebrou a perna"; "Minha irmã está estudando em Londres".

Passo 2: Alguém morde a isca e responde com uma recomendação. Exemplos: "Carnaval é a Melhor época do Mundo para esquiar em Aspen"; "Ele tem que operar com o dr. Morgan Stanley! É o Melhor cirurgião do Mundo!"; "Sua irmã tem que ir no novo restaurante asiático do chef Ming! Melhor Pekin Duck do Mundo!".

Passo 3: Entra em campo o desafiante. Exemplos: "Ano passado a neve do Colorado estava bem melhor em janeiro que em fevereiro. Fora que tem menos filas"; "O dr. Morgan Stanley fodeu o joelho do meu irmão! Opera com o dr. Blausberg, Melhor ortopedista do Mundo!"; "Restaurante asiático desse tamanho é pega-turista! Manda ela ir no MoriMori, em Covent Garden, Melhor torô do Mundo!".

Acho engraçado que nunca são recomendações de verdade, são sempre umas ordens. Um fator importante pra ganhar nesse jogo é falar com tanta convicção que a pessoa se sente constrangida e obedece. "Sim senhor, senhor especialista em Kobe Beef! Foi arrogância minha deixar um parente solto em Tóquio sem consultar o Oráculo do Wagyu. Perdão!"

O estoque de medalhas de Melhor do Mundo é infinito, óbvio, o que faz todo mundo ficar bem ansioso pra distribuir logo algumas das suas, e à medida que as rodadas vão passando, as pessoas ficam mais aflitas, e vão se interrompendo cada vez mais. Quem tá falando não pode vacilar; qualquer pausa de mais de dois segundos é uma deixa pra alguém enfiar ali uma nova sugestão de Melhor do Mundo e roubar a atenção da mesa. O pessoal não perdoa. Eu ainda fico intimidada com isso, às vezes.

A real é que ninguém está interessado no mérito dos premiados; isso nem se discute: são todas ótimas recomendações, assim como outras mil recomendações quase idênticas que também são ótimas e poderiam ter recebido o prêmio em seu lugar. O objetivo do jogo, eu acho, é dar ao ganhador a imagem de maior fodão da turma.

O prêmio de consolação vai pra quem consegue passar a imagem de mais cool, usando umas recomendações mais cabulosas, que às vezes terminam com: "Não espalhem! A maioria das pessoas não sabe, mas…".

O outro assunto comum nessas mesas de jantar, a Fofoca, não deixa de ser um tipo de Melhor do Mundo também; mas com gente em vez de coisas.

Fofoca não é só falar da vida alheia: tem que julgar a vida alheia também. Uma coisa mara da Fofoca é imaginar o que você faria no lugar daquela outra pessoa. É muito bom quando (quase sempre) você percebe que teria se saído melhor naquela situação. "Se eu tivesse num casamento em crise desses, eu chegaria pro meu marido e terminaria na hora, só depois eu iria atrás do personal trainer. Óbvio."

Só que quando o assunto é fofoca, os amigos ricos do meu namorado perdem feio pra minha turma do teatro. Com dois globais e outros vários trabalhando como modelo pra manter as contas em dia, esse pessoal circula por todos os mundos imagináveis, e quanto mais mundos, mais fofoca. Também prefiro as fofocas deles porque eles soltam tudo, com todos os detalhes mais absurdos e pornográficos. Se não souberem, inventam, porque fofoca não pode ser só "fulana transou com sicrano". Tem que falar das posições, dos lugares, quem meteu o que onde, quem gozou onde, se o serviço foi bem-feito, essas coisas todas. E eles sempre contam isso tudo com aquela postura liberalzona de "tudo bem, love is love" e tal, mas eu sei que, no fundo, por trás dessa fachada de putaria tem sempre uma senhorinha católica chocada, doida pra julgar geral. Nesse ponto os amigos do Tácio são mais educados, pelo menos.

Alguém começou a contar uma história sobre uma menina que roubava vestidos das amigas e me deu uma bad ouvir aquilo, então eu chamei a Astrid pra ir comigo no banheiro porque ela sempre anda com um pouco de pó e naquele momento isso podia me ajudar.

Geralmente eu até acho legal essa moda de colocar uns banheiros ultramodernos nos restaurantes, com umas cores fortes ou uma decoração meio bizarra. Mas tudo tem limite. O filho da puta que projetou aquele banheiro achou o.k. deixar a parede em frente à pia pelada, sem espelho, e no lugar mandou pintar, com umas letras azuis brilhantes: "A beleza é uma ditadura de curta duração" — Sócrates.

Tudo, no final, é de curta duração. Tudo bem que a beleza dura menos que dinheiro, por exemplo, mas enquanto dura, ah, é bom pra cacete.

Minha beleza pode durar pouco, tudo bem, desde que sirva pra alguma coisa enquanto estiver aqui comigo.

Eu não sou mulher de ficar me iludindo, sei muito bem que várias das oportunidades que tenho na vida só apareceram porque sou bonita, mas eu acho que aproveitei essas oportunidades (pelo menos até agora) muito melhor que outros rostinhos lindinhos por aí.

Pra uma pessoa feia a beleza deve parecer um privilégio incrível, um puta presente de Deus, mas pra quem nasceu bonito não é bem assim, porque nós não nos comparamos com os feios pra nos sentirmos bem — na maior parte do tempo, eu nem lembro que eles existem. Beleza atrai mais beleza, então a gente acaba convivendo só com outros rostos e corpos bonitos, e nunca percebemos esse tal privilégio aí. Funciona mais ou menos assim: num mundo em que todo mundo é bonito, ninguém é bonito. E é aí que começa a competição pelo charme, pelo cool, pelo sexy etc. etc. etc.

Rosto bonito tem um monte por aí, corpo bonito, mais ainda. Se eu consegui algum benefício nessa vida foi porque eu percebi cedo que beleza é bom mas charme é melhor. É com charme e dengo que eu turbino a minha beleza e tento aproveitar ao máximo a minha ditadurinha, curta ou longa, tanto faz.

É isso que eu penso sobre beleza: sei que não vai durar pra sempre, não sou burra, e também sei que tem outras várias meninas absurdamente gatas por aí, mas tudo bem. Enquanto o tempo vai murchando uma por uma as minhas concorrentes, com suas bocas siliconadas e testas botocadas, todas tão parecidas, eu vou fazendo minha parte, me diferenciando de todas elas, cada dia com um charminho novo. E o charminho da vez é que eu virei bissexual.

Foi o Tácio que me ensinou a curtir uma mulher bonita. No último mês, nossos afters estão virando umas festinhas bem animadas, e se ele ainda tinha alguma dúvida de que eu era a mulher da vida dele, essa novidade deve ter resolvido a parada. Da minha parte também, eu não posso reclamar, na verdade. Esse homem é tudo de bom. Ele não sossega enquanto não faz todo mundo gozar. Várias vezes. Que pica mara, meu Deus do céu. Sério. Já vi várias, mas assim desse jeito, nunca nem ouvi falar.

Enfim, sei lá, o segredo pra esse tipo mais aberto de namoro funcionar é o mailing da cama: as nossas convidadas têm que ser leais a mim, não a ele, e isso é um problema quando é ele quem paga as contas, quem dá presentes, e principalmente é ele quem tem uma turma bem definida e unida de amigos.

É um pouco arriscado, ainda mais considerando que nós só temos três meses de namoro, mas tudo bem. Também não é como se eu pudesse voltar atrás agora, né? E também eu acho que já estou metida na vida dele o suficiente pra ser indispensável. Tudo sob controle.

Vila Olímpia, São Paulo, junho de 2012

Hoje o Tácio tava como ele gosta: cercado de mulher bonita. Ele fica muito gato com um sorrisão no rosto. Em volta da mesa, quatro amigas minhas, dois amigos de infância dele e uma pessoa responsável por organizar tudo isso: Carlos Hernandez Almada, ou Cacá, pros (pouquíssimos) íntimos. Se o Tácio é um pavão, então o Cacá é uma arara-vermelha, fantasiada pro Carnaval da Sapucaí. Quando eu conheci o Cacá, não fazia ainda nem um ano que eu tinha voltado pra São Paulo. Eu tava começando a perceber que o teatro não ia pagar as minhas contas e que a vida de modelo não é assim tão ruim também, e ele era o responsável pelo casting de alguns desfiles da São Paulo Fashion Week, e nossos santos bateram logo de cara. Acho que ele gostou de mim porque, com meus vinte e cinco anos, eu não era mais uma adolescente bobinha da passarela, e eu gostei dele exatamente pelo mesmo motivo. Dizem que o tipo de amizade mais forte que existe é quando duas pessoas se juntam pra odiar as mesmas coisas.

No começo, esses ódios em comum eram coisas bobas do nosso dia a dia: estilistas que acham que são Deus, maquiadores chiliquentos, modelos estúpidas, essas coisas, mas não demorou muito e a gente já tava canalizando nossos comentários venenosos pra muitas outras coisas também, tipo crossfiteiros veganos, gente que usa o termo "namorido", ou que faz bolo de aniversário pro cachorro, por exemplo.

Cacá tem um humor negro maravilhoso e consegue ridicularizar qualquer pessoa sem se esforçar. Estar com ele me faz sentir no topo do mundo, numa torrezinha só nossa, de onde a gente olha e julga o resto da humanidade, dando muita risada juntos. Acima de nós, só tem uma pessoa: a cantora francesa--italiana-egípcia Dalida. Diva total e absoluta, ela veio ao mundo pra cantar música pop disco nos anos 1970 e depois ascendeu aos céus por causa de uma overdose em Paris. A mulher era pura luz e glitter. Passamos noites e noites assistindo shows antigos dela: só comentários positivos são aceitos nessas ocasiões.

Pouca gente sabe, mas o Cacá nasceu e cresceu em Diadema e estudou a vida toda em escola pública. Eu sempre achei isso mara: mostra que ele é um vencedor e tal, mas ele odeia falar disso. Diz que nada interessante aconteceu na sua vida antes dos vinte anos de idade.

Quando eu comecei a namorar o Tácio, muita gente se afastou de mim. Uma parte se afastou por respeito ao meu ex, que não aceitou muito bem nosso término e anda falando mal de mim por aí. Outra parte se afastou porque acha o Tácio briguento, ou drogado, ou — o que eu acho mais provável — porque queria estar com ele no meu lugar.

Quando eu tava mais sozinha, me sentindo traída por muita gente, o Cacá ficou ali pra me socorrer. Nesses primeiros meses de namoro, ele se tornou a pessoa mais importante da minha vida. Além da minha família.

"Posso falar? Eu só aturo essa cidade porque me pagam muito bem, porque vou te contar uma coisa, tô pra ver outro lugar mais preconceituoso e hipócrita que isso aqui. O Tácio ser briguento agora virou problema, amor? Desde quando, meu Deus? Te passo agora uma lista de cento e cinquenta playboys briguentos dessa cidade que ninguém sonharia em censurar. Por que com esse é diferente? Porque o Tácio é o único deles que nasceu e cresceu em Santo André, no ABC Paulista. Ou como eles preferem: Arredores Bregas da Cidade. Paulistano acha isso pior que lepra. A verdade é que metade dessa gente queria estar no seu lugar, amiga. O cara é um gato, comedor, rico, mão-aberta, engraçado, festeiro. Pelo amor de Deus. Manda essa cambada de mal comida toda tomar no cu."

Se antes ele já era um bom amigo, agora somos inseparáveis. E essa amizade é muito boa pra mim; por mais venenoso que a gente seja com o mundo em geral, entre nós não cabe nenhum julgamento, só empatia e amor. Fizemos nosso mapa astral juntos uma vez, e descobrimos que somos almas gêmeas. Não no sentido de que a gente combina e tal, mas no sentido de que somos iguais, mesmo.

Às vezes temos umas brigas dramáticas, tipo novela mexicana, mas isso é só uma concessão que eu faço ao Cacá e ao estilo de vida dele. Sei que ele ama demais um drama pra conseguir ter qualquer relação que seja sem um pouquinho de crazy. Então eu atuo de acordo com o meu papel: jogo as coisas dele pela janela do meu apartamento, rasgo as fotografias que ele me deu etc. E ele retribui me xingando de tudo quanto é nome, devolvendo o bonsai que eu dei de presente com uma minicorda em formato de forca amarrada num galho, acompanhada de uma carta ameaçadora. Aquela veadagem toda.

Mas isso nunca dura mais de três dias. Somos duas pessoas muito solitárias em São Paulo e o nosso orgulho pode parecer grande, mas é bem menor que a nossa carência.

Não que isso importe pra nossa amizade, mas o Cacá também é muito útil pra minha carreira: já foi produtor de casting e editor de estilo de várias revistas de moda, e mesmo hoje em dia, como freelancer, ele ainda mantém muitos contatos importantes com as agências e pessoas influentes do meu meio. Ele também é muito sensitivo e me ajuda a garantir que nenhuma mulher perto do Tácio se transforme numa ameaça. Com ele por perto, acho que dá pra dizer que tenho a situação sob controle.

E a nossa amizade também é boa pra ele. Como estamos sempre juntos, ele acaba tendo as viagens e contas de restaurante bancadas pelo namorado da amiga: uma mão lava a outra. Desde que comecei a namorar o Tácio, o Cacá tem aproveitado essas festas todas mais do que eu até. Como gosta de uma gastança, meu Deus do céu.

Campos do Jordão, agosto de 2012

Deu até medo de abrir os olhos. O clarão alaranjado que eu via através das pálpebras me dava a impressão que o sol tava aqui dentro do quarto.
Dentro de que quarto, aliás? Demorou uns minutos pra cair a ficha. Hotel. Barato. TV quebrada no chão.
Por que isso mesmo?
Putaquepariu.
Eu bem que podia dormir mais um pouco. Visitar a delegacia de Campos do Jordão já seria um programa merda em qualquer situação, mas com essa puta ressaca então... Putaquepariu. O Tácio é foda.
Antes mesmo de lembrar o que aconteceu, eu já tava listando as coisas que vou ter que fazer agora: descer na recepção, usar o cartão do Tácio pra pagar pelo quarto, pela TV quebrada, pela mesa de vidro estilhaçada, e outros itens aleatórios; passar na delegacia pra buscar o Tácio; provavelmente, passar num hospital pra costurar a mão do Tácio; comer alguma coisa enquanto o motorista não chega; voltar pra São Paulo; tentar abafar a história toda. De novo.

Eu não sou nem nunca fui santa. Uma droguinha e uma festinha combinam bem, e não tem perigo de eu me viciar, nem sofro de bad trips. Já o Tácio, bom, ele não é tão disciplinado assim.

Os últimos meses parecem ter sido filmados em fast forward: cada vez mais festas e brigas e viagens, cada vez mais álcool e drogas, muitas vezes com um remedinho tarja preta em cima de tudo.

Não sei dizer o que foi que ele usou ontem pra explodir assim. Sempre é uma combinação. Provavelmente foi Zoloft 100 mg com pó. Combinamos com três amigos de esticar o Festival de Música num after improvisado no nosso quarto; eu não sabia que o Tácio tava naquele estado paranoico dele. Entrei no banheiro com o Cacá, mas era pra conversar, só. Não tinha o menor motivo pra sair quebrando tudo no quarto e jurando o Cacá de morte. Foi deprimente. A gente ficou trancado no banheiro esperando a polícia aparecer, me senti naquele filme *O iluminado*. Achei que ia morrer. Chorei pra cacete.

Pra mim, essa foi a gota d'água. Eu amo o Tácio, por isso mesmo eu quero ter forças pra ajudar; e não dá pra fazer isso sendo boazinha. Ele tá muito dependente dos remédios todos. Suando o tempo todo. A maior parte dos amigos se afastou dele ou ele mesmo afastou, por paranoia pura.

Eu sei que, se falar com ele hoje, ele vai me ouvir, vai pedir desculpas e vai se arrepender. Vai arregalar aqueles olhões verdes e levantar as sobrancelhas grossas e me contar sobre todas as brigas que ele já teve com a mãe, ou sobre como o pai morreu cedo e deixou ele sozinho no mundo, e como ele tem medo de me perder também e eu vou morrer de pena, como eu sempre morro. Só que depois disso vem um monte de horas e nada de novo pra fazer. Conforme essas horas todas vão passando, bem devagar, esse arrependimento todo dele vai ficando longe e a vontade de rir de novo vai aumentando, de ser leve, de não ter preocupações na vida nem se sentir sozinho ou sem propósito nesse mundo... e a solução pra essa angústia toda vai parecendo cada vez mais inofensiva, "é só eu saber me controlar um pouco mais, vamos de leve hoje", e pronto. Lá vamos nós em mais uma maratona de gins-tônicas em copos de plástico, gente rouca de óculos escuros, cigarros amassados, isqueiros molhados, afters micados, terminando sempre em alguma confusão de fim de festa. Cada vez maiores e cada vez mais frequentes.

Dizem que a primeira vez a gente nunca esquece. Mas e se for o contrário? E se a primeira vez a gente SEMPRE esquece? E fica chamando a última vez de primeira porque já não lembra mais de porra nenhuma mesmo?

Se eu não mudar minha postura, esse ciclo não vai mudar. Chega.

Vou pagar o hotel, entregar as coisas dele pro motorista e ir embora com o Cacá. Amanhã — ou depois — eu procuro o Tácio pra conversar. Melhor sair de cena assim, discretamente. Ele vai entender o recado e o susto vai fazer bem.

Apartamento do Cacá, agosto de 2012

Setenta e nove chamadas não atendidas. Será que o iPhone para de contar depois de cem?

Tácio não deve ter dormido ainda, deve estar na estrada, voltando pra São Paulo, cultivando aquela paranoia cíclica dele, dessas que te fazem repetir a mesma coisa duzentas vezes, fazer as mesmas coisas por horas. Eu já vi isso antes. Enquanto não dormir, não passa. Ele ainda deve estar com raiva de mim, ainda deve estar me xingando e xingando o Cacá, repetindo infinitas vezes pro coitado do motorista que eu estava no banheiro do after transando com o Cacá ou alguma merda dessas. Paranoia é tipo um parafuso que vai girando e acelerando a cada volta. O parafuso do Tácio deve estar pegando fogo já, de tão rápido que tá girando. Só espero que não seja ele dirigindo, isso pode dar uma merda séria. Se bem que com aquela mão estourada, não deve ser ele dirigindo. Óbvio. Pelo menos isso.

Cacá acha que eu deveria pelo menos mandar uma mensagem pro motorista, checar se está tudo sob controle mesmo; mas eu sei que aquele babaca conta tudo pro Tácio. Se mandar um "Oi", vou jogar gasolina na fogueira. Melhor ficar quieta mesmo — eu disse que iria fazer isso na minha última mensagem. Ele já deve estar acordado há quarenta e oito horas, pelo menos. Não tem como durar muito mais. Não tinha uma caixa de Rivotril novinha no porta-luvas do carro?

O interfone tocou, deve ser o delivery.

Putaquepariu. Não é o delivery.

7

Quando escutei alguém me chamando de "Epê" no telefone, fiquei quieto. Precisei de alguns segundos de silêncio para que a lembrança capaz de traduzir aquele codinome emergisse na minha cabeça.

Nos meus primeiros anos de retorno ao Brasil, antes da Amélia, fiquei conhecido em certos círculos boêmios de São Paulo pelas minhas iniciais. Hoje o velho apelido voltava a ser evocado, dessa vez para forçar uma proximidade que um dia existira entre um falecido Epê e um vivíssimo Cacá — talvez o mais assíduo dentre os participantes daqueles círculos boêmios.

Sua voz estava tão estridente que tive a impressão de que ele me ligava de uma caverna atrás de uma cachoeira. "Soube da festa-escândalo que você quer dar e achei demais! A gente precisa de mais gente louca assim nessa cidade. Tapa na cara! Conta comigo, tá?" Eu sabia que ele não estava na lista de convidados, mas isso não o constrangia. Seu direito de acesso à minha vida parecia incontestável. "Tem uma turma de meninas novinhas, vinte e poucos anos, nada de modelo caída do trem, esquece, menina de família mesmo, fazem FAAP e tudo, você vai pirar nelas! Já falei da festa, elas estão animadíssimas." Eu devo ter gaguejado um pouco, porque ele se viu instado a corrigir a rota. "Se quiser, também posso incluir alguns nomes mais variados, influencers mesmo, tem uma galera fitness que sempre anima também, o Rogerinho do Mahamudra, gente da Globo, o Tadeu Nuyts, que apresentava aquele programa na Record, sabe?"

Àquela altura eu já estava rindo mais alto do que o Cacá conseguia gritar, do outro lado da linha. Nada acontece nesta cidade sem que ele seja informado.

Fiquei feliz com a ligação, agradeci a gentileza e o bom humor, garanti que estava tudo bem comigo. Não, não tinha planos de suicídio (senti uma certa decepção nesse ponto). Ele prometeu uma visita em breve, eu disse que pensaria a respeito e me despedi rindo, aliviado. A ironia pode muito bem ser a última arma dos desesperados, desde que funcione.

Fazia tempo que não ria assim. Me senti tão leve. É curioso pensar naqueles personagens exóticos listados pelo Cacá. Atores quase completamente esquecidos, assistentes de palco de programas cancelados, subcelebridades de algum nicho obscuro, donos de "restaurantes dançantes", reis e príncipes de camarotes que só são cobiçados por eles mesmos.

Todos têm algo interessante em comum, uma certa inconsequência, uma leveza que vem da mediocridade mas que os leva às situações mais variadas. Parecem viver sem nenhum plano e por isso mesmo estão sempre satisfeitos com o trajeto, alimentados por egos inesgotáveis e alheios à realidade. Não diria que os invejo, mas tenho que admitir que fariam ótimas imitações do conde d'Eu em seu momento de desprezo: "Bom, neste caso, a monarquia acabou. Foda-se o rei. Bora, galeraaa!".

Eis aqui uma ideia original: e se eu não encarasse aquela ligação como brincadeira? Se levasse adiante a ideia? Esta pode ser, afinal, a única chance que a humanidade terá de ver Rogerinho do Mahamudra enfiado num smoking alugado. Seria responsável da minha parte desperdiçá-la?

Se me cabe agora a vida nestas baixas altitudes, talvez seja sensato aprender a apreciar a vista do pântano. Vou ligar para o Cacá. Se ele de fato me garantir seus quarenta convidados exóticos, eu mantenho o banquete — que já está, em todo o caso, pago. Em vez de convites Smythson, eles terão de se contentar com e-mails de qualidade gráfica questionável, mas imagino que isso não será um problema — ou mesmo uma novidade — para meus novos amigos.

> CONVIDADO 1   E isto é que me preocupa. Depois da festa, ninguém se esforçou para voltar para casa. Por quê? Parece natural termos passado a noite nesta sala? Contra as regras mais elementares da etiqueta? E termos nos transformado num inacreditável acampamento de ciganos?
> CONVIDADA 2   Achei muito original. Adoro sair da rotina!
> CONVIDADA 3   Eu percebi e não gostei. Não disse nada por educação.

Conheci o Cacá em 2011. Gostava do seu senso de humor, mas isso não seria suficiente para forjar uma amizade. O que realmente me interessava nele era sua rede infinita de contatos entre gente bonita e desimpedida. Nessa rede eu conheceria minha ex-namorada interesseira, que hoje recusa meus convites em bilhetes esquecidos pelo apartamento. O término não muito amigável daquele namoro acabou também sendo o fim da minha amizade com a maioria das pessoas naquele festivo submundo paulistano. Não senti muita falta, mas talvez devesse.

Foi um período em que minha vida social era muito importante para garantir minha sanidade mental. A satisfação que me era negada no escritório, eu ia buscar em bares, boates e after--hours, com surpreendente sucesso.

Meu objetivo era chegar ao escritório tão exausto quanto possível. Eu tinha que convencer o *board of shareholders* da Navegação Poente de que era uma alma tão cansada quanto eles. Estimava (corretamente) que isso me credenciaria a assumir o controle da empresa e me livraria da tutela daqueles senhores medrosos.

Por treze longos meses entre 2011 e 2012 trabalhei sob a supervisão de Cândido Quintanilha, o homem-elipse. Inicialmente a relação foi um tanto antagônica. Eu me sentia como um rio de corredeiras, querendo correr e espumar, e ele era uma barragem de concreto, feita para durar cem anos e transformar as mais potentes cachoeiras em lagoas plácidas. Para cada proposta de expansão minha, um dique novo se erguia. Meu projeto de eclusas, barrado pelo comitê financeiro por excesso de alavancagem. Meu plano para uma política de alavancagem menos restritiva, barrado pela comissão de risco e volatilidade. Minha ideia de ocultar parte dessa alavancagem através de instrumentos *off balance sheet*, vetada pela diretoria de *compliance*.

Entre um dique e outro, o único espaço que me sobrava para agir ficava claro: redução de custos. A ironia de encarregar um colecionador de ovos Fabergé de economizar dinheiro da empresa era completamente perdida na cabeça de Cândido Quintanilha, um homem que se orgulha de durante a lua de mel ter levado a esposa para Shenzhen — a cidade mais poluída da China — porque queria muito conhecer as operações do porto local.

Após o segundo infarto, meu pai decidiu trabalhar muito menos e velejar muito mais, mas ele podia facilmente ser substituído na empresa por qualquer um daqueles senhores puídos que ocupavam a diretoria. Por que foram me incomodar? Por que tinham me trazido de volta ao Brasil, se não queriam nada meu? Me chamaram porque aquela sempre tinha sido uma empresa de dono e, na falta do meu pai, dono eu teria de ser. Quintanilha não estava lá para ficar, ele foi colocado naquela cadeira até que eu estivesse "pronto" para assumi-la. E eu só seria visto como dono quando conquistasse a serenidade das represas hidrelétricas, que seguram em si energia potencial suficiente para iluminar uma pequena estrela, mas a liberam apenas em doses minúsculas, o que garante vida eterna ao reservatório ao mesmo tempo que o castiga com todo o tédio inerente aos objetos perenes.

Passei meses fazendo marolas que jamais viravam onda, até entender que eu precisava me mostrar incapaz de promover grandes mudanças se quisesse conquistar o poder de mudar tudo. O jogo ali era um jogo de espera. Foi assim que encontrei Cacá e sua claque fugaz, e com eles enganei meu tédio enquanto mostrava ao *board* minha cara mais dócil e meus sorrisos mais falsos. Foram meses maldormidos, mas muito bem festejados. Não levávamos nada a sério, tudo e todos pareciam alvos legítimos para nosso sarcasmo virulento, desenvolvido madrugada adentro, enquanto ríamos e brindávamos ao sistema que nos privilegiava mas que nos recusávamos a respeitar.

As noites agitadas acalmaram meus dias, e finalmente consegui chegar à presidência da empresa, treze meses depois do meu retorno ao Brasil e um mês ou dois antes de conhecer Amélia. Entre uma coisa e outra, meu breve mundo boêmio perdeu completamente o sentido e foi esconder-se numa caverna escura, de onde agora emerge aos gritos.

Comecei minha regência empresarial abrindo todas as comportas que me foram impostas pelo Quintanilha. Era o início do período de ouro da Navegação Poente. Em três anos eu transformaria aquela goteira eterna nas Cataratas do Iguaçu. Eventualmente a fonte secou, mas que belo espetáculo eu fabriquei.

A taxa de crescimento da empresa entre 2012 e 2016 foi de setenta e nove por cento ao ano. Já não me interessava crescer mais que meus concorrentes; eu queria crescer mais que as empresas de tecnologia do Vale do Silício. É curiosa essa obsessão do mundo empresarial pelo crescimento. Nem mesmo as bolhas de sabão estourariam se resistissem à tentação de crescer mais do que sua singela estrutura suporta. Apesar de ser fácil notar isso olhando de fora, quando se está dentro do jogo, crescer parece vital. O que teria acontecido com a Navegação Poente se não crescesse? Nada. E no nada mora o tédio.

Eu não seria honesto, contudo, se reduzisse minha motivação apenas ao tédio. Também agi por ganância, por insegurança, e por aquele desejo universal, que rege toda transgressão em todos os séculos, que é o desejo de controlar a própria vida; a disposição para brigarmos com seja lá qual deus que tenha sido responsável por nos conferir esse destino em particular. Um destino, além do mais, que no meu caso não tinha nada de muito ruim e certamente nada de desconfortável: mais um Brandor Poente, calmamente pontuando sua passagem pela Terra com um pouco de vinho, um pouco de sexo, e uma ou duas notas a mais na centenária biografia familiar.

Mas não era o que *eu* tinha escolhido para mim. Não tinha a minha cara, e precisava ter a minha cara, porque onde mais eu deixaria minha marca neste mundo, senão na forma como vivi a vida? Há pessoas que vêm ao mundo já dizendo "desculpe o incômodo"; outras se contentam em passar desapercebidas, como um apêndice saudável, indispostas a se indispor. Nunca as entenderei. Não nasci para ser pedaço de contínuo, elo de corrente ou degrau de escada. Me recuso a contribuir bovinamente para o lento avanço de qualquer coisa; aspiro à liberdade suicida dos búfalos-africanos, que rejeitam a proteção da manada para viver num exílio violento, em constante luta contra todo o resto, longe de todo o tédio.

CONVIDADO 1   Está cheirando como uma hiena.
CONVIDADA 2   O que disse?
CONVIDADO 1   Que a senhora cheira como uma hiena.
CONVIDADA 2   Como se atreve! Por que me ofende?
ANFITRIÃO   Devia ter vergonha de falar das desgraças que, por dignidade, não comentamos!
CONVIDADO 1   Por que se assusta com a verdade? Ela cheira mal. Como eu, você, e todos aqui. Moramos num chiqueiro.

Sei que é um contrassenso comandar uma companhia de navegação desde uma cidade sem mar, mas a alternativa — mudar para o Rio de Janeiro — me parecia um exílio muito severo para alguém habituado a uma vida urbana civilizada. Tentava atenuar o paradoxo passando fins de semana a bordo do *For Sale*, veleiro e piada sem graça do meu pai.

Aqueles dias começavam calmos e iam encrespando, como tudo na vida, e também como o mar quando saíamos de Paraty em direção ao farol da Ponta da Joatinga. Debaixo de uma luz quase branca de tão intensa, aprendi a caçar e folgar velas, desviar de retrancas, orçar e arribar ventos mais e menos confiáveis.

Em pouco tempo, ficou claro que meu pai velejava pelo silêncio, não pela atividade em si. Depois de duas ou três tentativas, desisti de puxar assunto. Nós apenas fumávamos juntos, enquanto o *For Sale* deslizava pela baía de Angra. E isso era muito melhor do que todas as conversas que tivemos desde então: as brigas com advogados, as encaradas incrédulas, o olhar desviado. Tudo aquilo estava escondido muito longe dali, acima das montanhas da serra do Mar, num escritório bege com janelões voltados para um rio morto.

Eu gostava de velejar porque, dentro de um barco, o imponderável — o vento — é bem-vindo. Em todos os outros lugares, seja por vocação seja por treinamento, eu buscava a ordem e desconfiava do que não pode ser previsto. O eterno formalista, talvez. Mas, naquele deque estreito, a ordem — ou calmaria — não leva a lugar nenhum; é o tédio em estado sólido. Já o caos que o vento traz, imprevisível e inconstante, esse nos leva para passear, engordando as grandes velas brancas e inclinando o convés, agora ponteado de espirros do mar, que vai sendo cortado silenciosamente pela proa esguia do veleiro. Eu via a satisfação do meu pai, nos cantos do seu rosto, quando reencontrávamos o veio do vento. Seus olhos estavam sempre escondidos de mim, atrás de óculos escuros, mas os cantinhos enrugados ainda apareciam, denunciando a felicidade contida daquele capitão de fins de semana. "Cuidado com a retranca, filho."

Entre um cigarro compartilhado e outro, passei a reconhecer os pequenos sinais do vento que vem vindo, muito antes de inflar a vela e carregar o barco: a espuma branca de ondas pontilhando o horizonte, o silêncio repentino que parece suspender a passagem do tempo, a água mais fria e escura, como quem muda de temperamento, ou o leme que bambeia de leve ao perder o veio da correnteza que o sustentava. São sinais relativamente fáceis de notar; qualquer velejador novato aprende rapidamente. Pena não existirem também para outras atividades.

O setor de navegação no Brasil entrou num estado de dormência no final do regime militar, com a falência dos últimos estaleiros nacionais, e foi reanimado no susto, com o Pré-Sal e a Nova Matriz Econômica dos queridos ideólogos e "poderosos" daquele momento.

Durante as décadas de inércia, a tradicional empresa de navegação da família Brandor Poente (que um dia foi considerada nossa joia da coroa) controlou uns poucos navios, focando em rotas menos concorridas e contratos estáveis com outras grandes empresas nacionais. Era o que por aqui se chama de "uma empresa de nicho".

Nesses anos todos, meu pai esteve menos para um presidente de empresa que para um zelador de prédio abandonado: chegava de manhã, acendia as luzes, varria o chão, apagava as luzes e ia embora no fim do dia.

Tomei sua antiga cadeira jurando revoluções. Mas, durante vários meses, o que eu podia ver era apenas um leve inchamento de volumes, mais ou menos ligado àquela série de canetadas que eu anunciava tão orgulhosamente. Tripliquei nossa taxa de crescimento para quase vinte por cento ao ano, enquanto, à nossa volta, o Brasil todo triplicava tudo. Estávamos correndo três vezes mais rápido para não sairmos do lugar. A revolução cheirava a mero remendo.

Era para me sentir muito frustrado, mas a verdade é que estava feliz. Tinha acabado de conhecer minha futura ex-noiva, Amélia Wenberger, e minha vida parecia quente e confortável.

Li uma vez que quando um alpinista está morrendo de hipotermia, no último estágio da doença, minutos antes da morte, ele passa a sentir um calor agradável e uma sonolência irresistível. Era exatamente como eu me sentia em 2013, quando passava fins de semana na casa de campo de Amélia, fingindo que gostava de cavalos quarto de milha e vinho branco português.

Meus horizontes nunca foram menores do que naquele ano e, estranhamente, eu fui feliz. Ou pelo menos tive momentos frequentes de felicidade, o que é o melhor que se pode realisticamente desejar de uma vida adulta.

Olhando de longe, parece uma anomalia que aquela paz tenha durado tanto. É quando as coisas parecem assim tão bem encaminhadas, e a ordem parece estar vencendo, que surge o imponderável. Nossa fatídica incompletude nos presenteia com alguma intuição errada, que envenena o sistema todo, e nos leva de volta ao caos escuro de onde viemos. Dessa vez, ao menos, o caos se atrasou um pouco e eu soube aproveitar a calmaria.

Mas, assim como o mar encrespado no horizonte anuncia o vento, comecei a notar pequenas provocações naquele ecossistema confortável, centrado na Navegação Poente S. A. No início eram coisas menores, pequenos Mefistófeles me tentando quase todo dia com promessas de ordem e controle, de poder e satisfação, me lembrando de que aquele tédio todo não era necessário.

Seus primeiros sinais visíveis vieram com o vento maral dos fins de tarde, que nos trazia sempre de volta ao fundo mais recortado da baía de Angra, onde ancorávamos o *For Sale* e escondíamos a Fazenda Eudóxia.

Desde que me conheço por gente, passo as férias de verão naquela fazenda à beira-mar, próxima à cidade de Paraty. A fazenda é completamente improdutiva — salvo por um pequeno pomar de laranjeiras —, e a Mata Atlântica dentro da propriedade é a mais bonita que já vi.

Cada trilha ali parece saída de um óleo sobre tela de Facchinetti ou de Antônio Parreiras. As mucamas de Debret e Rugendas parecem estar escondidas atrás de cada ipê-amarelo, cada quaresmeira-roxa. O chão malhado de manchas de sol, as centenas de tons de verde que a luz cria na folhagem cintilante, sempre molhada e fresca. As montanhas que se precipitam diretamente no mar, cobertas por copas irregulares e com a base salpicada por grandes pedras que formam uma franja marrom entre o verde do mato e o verde do mar. Aquele mar que fica espumante em volta das pedras e calmo como um altar vazio no horizonte. O cheiro de neblina logo cedo e o barulho das cigarras às seis da tarde.

Que saudades da baía de Angra dos Reis.

A sede da Fazenda Eudóxia fica num vale, a pouco mais de trezentos metros de uma praia deserta. É um casarão colonial maravilhoso, com azulejos centenários e arquitetura tombada.

Mas é bem pouco prático. A família de caseiros que mora ali passa a maior parte do ano trocando as enormes placas de madeira — destruídas pela umidade — por placas novas, que logo deverão ser trocadas outra vez. Goteiras são onipresentes e o ar-condicionado não é muito confiável.

Há décadas meu pai tenta reformar a sede e construir um anexo junto à praia. Há décadas os projetos dele mofam em alguma mesa de algum órgão de fiscalização ambiental. E assim seguimos usando a casa em eterno estado provisório de gambiarra, nunca sabendo quais cômodos estarão interditados na visita seguinte, ou quem será sorteado com o ar-condicionado quebrado.

Na Páscoa de 2013, fui eu o agraciado com o quarto-sauna da temporada, o que me fazia acordar cedo toda manhã. Numa delas, resolvi colocar na água meu antigo *skiff* — um barco a remo, fino e rápido —, que eu trouxe da Inglaterra nos anos 1990, num verão longínquo em que sonhei que seria profissional do remo. Eu ainda não tinha percebido que, por mais calma que seja, a baía de Angra não é o rio Cam. E ondas pequenas ainda são ondas.

Talvez tenha sido por isso mesmo que quis remar naquela manhã: não havia ondas pequenas nem grandes. O mar estava calmo e escuro, como costuma ficar em dias nublados, e uma névoa fina pairava logo acima da linha-d'água. Eram sete e pouco e a praia ainda não tinha acordado.

Saí remando em direção ao fundo da baía, um oásis que fica atrás da cidade de Paraty, chamado Saco do Mamanguá.

Na minha infância, meu pai me levava até ali com seu veleiro e mergulhávamos só os dois por horas, procurando vôngoles na areia rasa. Eu devia ter sete ou oito anos.

"O segredo para chegar até o fundo é calma. Respira bem

devagar e bem fundo, fecha os olhos, encha os pulmões com o máximo de ar que conseguir e mergulha lentamente.

"Embaixo d'água, lembra de economizar oxigênio, faz todos os movimentos como se estivesse num filme em câmera lenta. Fica bem calmo. Só os afobados se afogam. Quem mantém a calma sempre chega de volta à superfície.

"Se doer o tímpano, não para de descer. Aperta o nariz com uma das mãos, fecha a boca e pressiona o ar para fora do pulmão, você vai descomprimir. É fácil.

"Quando chegar ao fundo, enfia as mãos na areia devagar. Se mexer muito rápido, a areia sobe e você não vai enxergar mais nada.

"Afunda a mão até ficar toda coberta de areia, então vai tateando, até achar um vôngole. Eles ficam enterrados, mas nunca muito fundo. E essa praia aqui tem milhões deles."

Cada mergulho era uma oração. Lembro do barulho das cigarras escondidas na mata e das ondas estourando na praia ao lado, e lembro do silêncio absoluto quando eu deixava a superfície para trás. Lembro dos mantras que criei para me acalmar e não decepcionar meu pai. Lembro da textura da areia fina e fria entre meus dedos — parecia seca — e lembro da primeira vez que encontrei um vôngole enterrado nela. Aquela conchinha gorda e branca, que me fazia tão mais parecido com meu pai.

Enchíamos um saco plástico com essas conchas deliciosas e levávamos para a fazenda, onde a cozinheira preparava um Spaghetti alle Vongole.

Não mergulho ali há anos, mas, a julgar pelos cardápios dos restaurantes em Paraty, aquela abundância de vôngoles não existe mais.

Devagar a neblina ia rareando, mas a geografia da região é tão acidentada que em nenhum ponto se pode ver muito longe. Tudo é encoberto e privado. A cada remada, a praia da Fazenda Eudóxia se escondia mais um pouco atrás de um morro malhado em tons de verde-escuro, e a baía próxima ia se mostrando inteira para mim pela primeira vez em vários anos. Foi então que descobri que tínhamos um novo vizinho.

Sabia que a área ao lado de nossa fazenda tinha sido comprada por um sujeito de Brasília, ou Goiânia, ou La Paz, algo assim. Mas imaginei esse comprador tão irrelevante quanto seus antecessores: aquele pedaço de Mata Atlântica perdido no fundo de uma baía tinha trocado de mãos inúmeras vezes ao longo dos anos — até então, continuava imaculado.

A cena a que assisti do meu *skiff* amarelo era tão surrealista que, num primeiro momento, imaginei que a praia estava recebendo a visita de uma nave espacial: uma enorme estrutura de aço e vidro parecia ter acabado de pousar sobre o riacho que desemboca no mar, bem ali, no meio daquela Área de Proteção Ambiental. Na mesma área onde meu pai não podia construir seu discreto anexo nem reformar a garagem, aparentemente alguém podia aterrissar um filho bastardo da *Millenium Falcon* com a Estação Espacial Internacional.

Nunca me interessei muito por preservação do meio ambiente, mas aquilo me deixou furioso. Só não desembarquei na praia com uma marreta e comecei a demolir a casa com minhas próprias mãos porque fiquei com um certo medo. Naquele dia eu não podia entender, mas aos poucos o motivo foi ficando claro.

Aquela casa era o primeiro paradoxo que aparecia no meu sistema perfeito. O primeiro ponto que não poderia estar ali mas estava. Em pouco tempo haveria dezenas deles.

Uma semana depois, li uma notícia sobre um sujeito descrito como "um colecionador de Ferraris". Isso já seria informação suficiente para me deixar de mau humor, mas a matéria não era sobre seu glamouroso estilo de vida ou seu novo apartamento na Barra da Tijuca. A matéria era sobre a acusação de que ele teria arrancado parte do couro cabeludo da namorada com as mãos durante uma briga e que, apesar de a cena toda ter sido gravada em alta definição por uma câmera de segurança, nosso caro colecionador acabava de ser liberado de cumprir qualquer penalidade, por vontade da vítima. Na foto do jornal, ele sorria numa festa, cercado de amigos. Eu queria desprezar aquela imagem, mas o que senti foi medo. Meu maxilar contraído, como havia tempo não acontecia.

A cada semana, um novo exemplo testava minha capacidade de entender e preservar o sistema em que eu tinha me inserido. A cada semana, um novo jogador trapaceava abertamente, sem punição ou perda de pontos. Mas até ali esses exemplos eram todos medíocres. Eu poderia ignorar tudo isso. Eu nasci ignorando.

Talvez esse tipo de coisa sempre tenha acontecido. Talvez durante os anos que passei fora do país eu tenha idealizado minha centralidade no sistema local, e mesmo a sua racionalidade e previsibilidade. O fato é que aqueles pequenos bugs me irritavam cada vez mais. Queria proibi-los todos.

Então veio a BrasNave: Navegação Brasileira. Uma mistura pouco convincente de ex-executivos do setor com um sócio investidor que os jornais chamavam de "misterioso" mas que seria melhor descrito como tosco mesmo. Mario Madeira, até onde se sabia, era um lojista português que provavelmente nunca tinha visto um navio cargueiro na vida. Sua empresa nasceu em 2011, mas em 2013 já era a segunda maior empresa de navegação do país.

Dizem que o Brasil tem cento e cinquenta empresas estatais controladas diretamente pela União. Tenho a impressão de que cento e quarenta delas investiam de alguma maneira na Bras-Nave. Sem contar, claro, os fundos de pensão, as agências reguladoras, as estatais estaduais, municipais, as paraestatais, os bancos de desenvolvimento regional, federal, as cooperativas, os quilombolas, os sindicatos e todas essas outras obras de ficção jurídica que foram criadas ao longo dos anos para salvaguardar privilégios de algum segmento da sociedade. A boa vontade de tantos com aquela gambiarra societária deveria ser cômica, mas não era. Era assustadora.

"O setor de navegação do Brasil hibernou por muito tempo. Quando chegamos, quase não encontramos concorrência. Tudo está por fazer, é uma vergonha para um país continental como este. Está na hora de despertá-lo. Venho de uma nação de navegadores e vou revolucionar o transporte marítimo neste país, colocar o Brasil no século XXI", dizia o ex-quitandeiro português na reportagem de capa do jornal *Valor Econômico*. Na fotografia que acompanhava a reportagem, ele usava sapatos pretos e meias brancas.

Não há nada pior do que ver regras sendo quebradas para outros e não para você. Na verdade, há, sim: ver regras sendo quebradas para outros que não têm sequer a cortesia do bom gosto. É como ver alguém furando fila na sua frente num restaurante disputado. E, em seguida, olhando melhor, perceber que esse alguém está usando uma regata do Vasco e um par de chinelos Rider.

Aos poucos, eu percebia que o país para o qual voltei tinha mudado. Percebia os favorecidos, mas com frequência desconhecia seus nomes e quase sempre desaprovava seus gostos.

Aquele desconforto com autoridades, aquele maxilar contraído, tudo aquilo começava a voltar. O problema não era o estado em que se achavam as coisas, mas a tendência que elas manifestavam.

Hoje era um vizinho com o mesmo gosto arquitetônico do Darth Vader, ou ainda um espancador de mulheres com grande tolerância para o emprego da palavra "colecionador". E amanhã? O que seria? Amanhã, a praia violada ou a garota escalpelada poderiam ser minhas. E o violador tinha tudo para ser um quitandeiro de meias brancas.

Na época, tive um sonho interessante. Eu estava num navio, em alto-mar; fazia muito frio, e o mar de repente se transformou em ácido. Era um navio de aço, desses usados em expedições para a Antártida. Seu casco grosso resistiria ainda por alguns dias à corrosão. Mas estava claro para todos a bordo que ele eventualmente afundaria, e que todos ali iriam morrer quando isso acontecesse. Sem alternativa, mas com muito tempo em nossas mãos, eu e os demais passageiros decidimos dar uma festa. Não qualquer festa, mas uma festa *à l'ancienne*: parte black tie, parte orgia, com pirâmides de taças de champanhe e uma banda de jazz de New Orleans. Acordei sorrindo e passei meses tentando voltar àquele sonho.

Talvez eu devesse mesmo ter aceitado meu naufrágio sem lutar. Ter festejado cinicamente o inevitável desmonte de mais um sistema que um dia me prometeu estabilidade e controle mas que, como todos os outros, cedia à corrosão invisível do imponderável, abrindo pequenos furos no casco grosso de aço. Mas eu me reconheceria no final?

Não. Enquanto havia *e se*, eu não podia parar. A celebração do naufrágio sempre foi uma opção, mas não seria legítima se viesse antes de meu último mastro ser engolido pelo mar da insignificância. Eu precisava testar todas as alternativas antes de reconhecer que elas nunca existiram de verdade. E para isso precisava fazer mais que meramente "ser ousado". Ousados, todos eram. Todos podiam aumentar suas alavancagens, abrir novos mercados. Eu precisava mudar a maneira como a indústria da navegação operava no país e, para isso, precisava fazer novos amigos e me deixar levar, finalmente, pela fantasia extravagante que é o poder e seus beneficiados. É bem verdade que esse plano falhou, mas a ousadia de sua concepção vai durar muito mais que o sucesso dos meus algozes. Para cada praça que leva o nome do czar Alexandre I existem outras trinta chamadas Napoleão.

Cioran dizia que a salvação se busca no inferno. Pois bem, eu cheguei. Que comecem a servir o *champagne*.

Cacá aceitou extático minha proposta e me prometeu os quarenta nomes mais duvidosos da noite paulistana. Não teremos banda de jazz, mas pelo menos cinco DJs de Electronic Dance Music já confirmaram presença no meu baile.

8

23 de agosto de 2012,
Dia de Santa Rosa de Lima

Algumas das minhas memórias mais lindas são do sítio em Cotia que meus pais tiveram antes de sairmos de São Paulo. Era um valezinho bem verde, com uma casa de pedra numa das encostas do morro, um lago no meio — talvez mais pra pântano, mas fazia as honras — e um gramado enorme, com um campo de futebol no final, perto do portão.

Meu pai tinha comprado o sítio junto com o irmão mais velho, que passava as férias ali com a gente. E o tio Otávio me idolatrava. Ele sempre quis uma menina, mas teve que se contentar com quatro filhos homens. Eu não posso dizer que adorava o tio Otávio: ele era gordo e tinha um hálito eterno de Lucky Strike, mas eu adorava meus quatro primos. Três deles mais velhos que eu, me sentia paparicada e protegida o tempo todo. E, óbvio, eu mandava em todos eles com facilidade.

Eu era goleira do nosso time de futebol contra os meninos das casas vizinhas. A única ajuda que eles me davam era que não valiam "bombas" contra o gol, porque um chute muito forte podia me machucar. Eu também era juíza dos jogos e roubei alguns pênaltis pro nosso time, mas isso é outra história.

Quando tinha treze anos, eu levei uma cotovelada de um atacante adversário. Meu nariz sangrou um pouco e eu me assustei e chorei. Meus quatro primos deram uma surra no menino culpado e os nossos jogos nunca mais aconteceram. Não só pela briga, mas também porque no ano seguinte o sítio foi vendido pelo banco credor da empresa do meu pai, num leilão judicial. Com ou sem sítio, naquela época eu era protegida e amada.

O Tácio quebrou três dentes da minha boca. Os dois da frente foram arrancados completamente, até a raiz, e o canino esquerdo ficou pela metade. Meu lábio inferior levou doze pontos, e o superior três. Um pedaço do meu couro cabeludo, do tamanho de uma caixa de fósforos, foi arrancado. Eu ainda não sei se vou ter cabelo ali de novo. Meu olho esquerdo não abre porque eu levei um murro diretamente contra a minha cara que produziu duas bolsas de sangue roxo-preto, uma na pálpebra e outra na bochecha. Por motivos óbvios, ainda não quis me olhar no espelho.

Parece que o Cacá tá igual, por isso eu ainda não fui visitar, nem deixei ele vir aqui. Dizem que estamos no mesmo hospital. Eu não me lembro de quase nada, óbvio. Fiquei num estado de semicoma por dois dias, mas tem uma imagem que eu gravei na cabeça de um jeito tão intenso, que nem todas aquelas pancadas contra o chão de cimento do apartamento do Cacá conseguiram apagar. Os olhos verdes dele. Eram olhos que pareciam empurrar pra longe tudo que viam, com umas pupilas pretas esbugalhadas, quase do tamanho da íris inteira, e umas veias vermelhas se espalhando que nem raios, como que fugindo daquela pupila preta horrível que queria ocupar o olho inteiro e enfiar meus próprios olhos bem no fundo na minha cabeça.

Não tinha nenhuma pessoa do outro lado daquelas pupilas. Se tivesse uma pessoa ali, ela teria desviado o olhar, porque, por mais egoísta que alguém seja, quando vê o outro, quando vê a dor no outro, a reação natural é ajudar, ou pelo menos sentir pena.

No dia da minha mudança pra Floripa, eu visitei uma última vez o apartamento de Moema onde eu nasci e cresci. Parecia bem maior, quase um galpão abandonado. As paredes tinham uns quadrados desenhados pelo pó, mostrando onde ficavam os quadros. Dava pra ver a marca do sofá no chão da sala e os tacos pareciam mais clarinhos onde antes ficava o tapete. Enquanto minha mãe buscava alguma coisa na cozinha, eu fiquei em pé ali, no meio daquela sala enorme, e comecei a me lembrar dos Natais e aniversários, dos meus primos que se mudaram pra Campinas, do meu avô que morreu, dos meus pais dançando bêbados num réveillon. Só que essas coisas todas, os quadros, os móveis, os tapetes, as pessoas, elas não estavam "faltando". De algum jeito, elas tinham se invertido. Era como se o próprio vazio deixado por elas fosse em si uma coisa nova. Uma coisa aflitiva pra caralho, que ocupava aquela sala toda, e ficava olhando pra dentro de mim e me dando uma angústia tão grande que eu tive que sair correndo de lá e esperar minha mãe no lobby do prédio.

Foi esse mesmo vazio que eu vi nas pupilas estouradas do Tácio. Um vazio ainda com o formato do que tinha sido antes. O lugar que ele ocupou no mundo ainda tá desenhado com pó, num corpo moribundo por aí. Mas não é mais ele, é só uma marca deixada por alguém que existiu um dia. E que quase sumiu comigo também.

Hospital Sírio-Libanês, São Paulo, quarto 431, setembro de 2012

Tem um policial na porta do meu quarto. Com arma e tudo. O delegado que veio aqui mais cedo pra ouvir meu depoimento diz que ele vai ficar aí até o agressor ser preso. Eu tenho pensado muito nesse policial. Eu tenho fantasiado sobre como ele me defenderia se o Tácio entrasse aqui, quantos tiros ele daria, onde os tiros acertariam, na dor que as balas causariam quando entrassem na carne do Tácio. Eu tenho pensado muito sobre como deve ser sentir uma bolinha de chumbo (quente como brasa) cortando a pele e os músculos, queimando o caminho por dentro do corpo todo, até parar, ainda ardendo de quente, no pulmão, ou num osso qualquer. Vi isso num programa policial uma vez. A fumaça que sai do furo de uma bala é fumaça de carne queimada. Churrasco de gente. Acho que um tiro quente desses no estômago deve doer mais. Não sei bem por quê, mas acho.

Na minha fantasia, o policial nunca mira na cabeça, sempre no corpo. Um tiro na cabeça é a coisa mais sem graça que eu poderia imaginar: sem dor, sem agonia, simples como apertar um botão off. Não tem graça.

Depois do delegado, meus pais trouxeram aqui também um advogado. Quanto mais ele falava, mais balas eu imaginava furando o corpo do Tácio, porque mais longo e complicado parecia o processo dali pra frente.

Eu sempre gostei de coisas e pessoas bonitas. Comecei a namorar o Tácio porque ele é bonito, e porque ele podia me levar a lugares bonitos, com gente bonita, e comprar coisas bonitas. Estar com ele era um jeito de embelezar o mundo. Meu mundo pelo menos. Porque a beleza das coisas em volta de mim ajudava a ressaltar a minha beleza e, quanto mais bonita eu me sentia, mais feliz eu ficava.

Além do policial e dos seus tiros queimadores de carne, eu também ando pensando muito em beleza durante essas minhas noites maldormidas aqui no hospital. Primeiro porque, pela primeira vez na minha vida adulta, eu não sou mais bonita. E não tenho a menor ideia se vou voltar a ser um dia. As respostas vagas dos médicos não me animam muito. E segundo porque eu quero vingança. Planejar uma vingança passou a ser muito importante pra mim. É um analgésico forte, e um sonífero confiável também.

Quando eu me pergunto por que eu quero uma vingança, a primeira coisa que me vem à cabeça é: *porque é o jeito de acertar o mundo de novo*. E o que seria um mundo certo?, eu pergunto. *Seria um mundo bonito*. Pode parecer meio contraintuitivo, mas, se você parar pra pensar, a vingança é bonita pra caralho. Uma das principais qualidades das coisas bonitas é que elas são simétricas. Pode reparar. E a vingança é justamente isso: um jeito de tornar um mundo torto simétrico de novo: um olho seu por um olho meu, um dente seu por um dente meu. Sem exageros, com muito equilíbrio.

Se eu não posso garantir mais a simetria do meu rosto, eu quero pelo menos garantir a simetria do meu mundo. Por isso, vingança.

Meus pais não querem discutir comigo o assunto, por mais que eu insista. Dizem que tenho que focar em me recuperar e cicatrizar. Mas sei que só vou cicatrizar de verdade quando pagar alguém pra espancar o Tácio por mim. Ultimamente, acho que a melhor maneira seria com um taco de beisebol, saindo da academia. Conheço bem a rotina daquele merda, sei todos os pontos fracos. Teria que dar instruções claras pra quebrarem os dois joelhos dele. Com joelhos ruins, ele não vai poder fazer mais nenhum dos esportes queridinhos dele. Maxilar também. Quero muito que ele experimente essa dor.

O Cacá com certeza conhece alguém que aceitaria fazer isso por dinheiro. Acho que tá na hora de visitar meu vizinho de quarto.

Hospital Sírio-Libanês, São Paulo, quarto 433, setembro de 2012

1. A família do Tácio tem dois negócios principais: uma rede de motéis espalhados pelo ABC paulista e uma empresa de coleta de lixo.
2. Uma empresa gera o dinheiro frio, a outra usa esse dinheiro para comprar vários políticos e policiais.
3. O avô do Tácio mora em Portugal, porque no Brasil já teve um mandado de prisão decretado (por interceptação de carga roubada).
4. O policial que investigava a empresa morreu num assalto há cinco anos e o assaltante fugiu sem levar nada.
5. Todos os seguranças e motoristas que trabalham pro Tácio e seu irmão são policiais fazendo bicos.

Eu sabia de algumas dessas coisas, óbvio, mas nunca perguntei detalhes, porque eu tava muito ocupada amando pra julgar. Ou algo assim.

Enfim, como eu tava dizendo, essa ficha corrida foi o que

ganhei do Cacá quando disse que queria contratar alguém pra espancar o Tácio.

Ele teve duas costelas e o nariz quebrado, e parece que isso foi o suficiente pra acabar com qualquer traço de coragem daquela bicha. Se recusou a prestar queixa e, quando eu perguntei se podia contar com ele pelo menos como testemunha, ele virou o rosto e chorou baixinho. Covarde.

BEM-VINDOS AO REINO ENCANTADO DE COVARDÓLIA!
População: 200 bilhões

Covarde número 2: papai

"Pai… vamo machucar ele, pai."
"Sssssshhhhh, *não pensa nisso, Marilu.*"
"Pai, eu quero, pai! Ele merece! Olha pra mim, pelo amor de Deus!"
"Filha. Eu te amo mais que tudo no mundo. E sei que você é forte pra caramba. Sei que consegue superar tudo, se botar sua cabeça no lugar certo."
"Eu sou louca agora, é isso? A doida desdentada? A corcunda de Notre-Dame?"
"Filha, filha, filha, você não tá me ouvindo. Olha. O mestre Thich Nhat Hanh ensina que ficar com raiva não é o caminho. Isso não ajuda em nada. Ouça o que eu estou te falando. Ter ódio de alguém é como beber um veneno e esperar que a outra pessoa morra envenenada."

Meu pai virou budista depois de velho. Quando eu era pequena, até em briga de trânsito eu vi ele se meter; agora virou um velho brocha. Acha que a solução para TODOS os problemas do mundo é ir meditar no centro budista dele, em Três Coroas. E eu é que sou a louca.

Covarde número 3: mammy

"Me ajuda, mãe? Eu tenho o dinheiro comigo. Podemos chamar alguém do interior, ou procurar na internet... Não tô falando em matar ninguém."
"Ssssshhhhh, não pensa nisso, Marilu."
"Mãe. Olha pra mim, porra! Como, não pensa nisso? Eu só penso nisso, caralho."
"Você tem que cicatrizar, filha. A gente vai resolver tudo, não se preocupa. A Justiça tá aí pra isso, confia. Não fica se agitando com essas coisas. Agora você precisa sarar, meu bebê."

Eu esperei meu pai sair do quarto antes de falar com ela. Achava que por ser mulher seria diferente. Ela deveria me entender, caralho. Merda. Porra. Bosta de família.

Covardes de número 4 a 100: no meu WhatsApp

"Acho que tudo começa com nós mesmas, amiga. Precisamos nos corrigir antes de corrigir o mundo. Você já pensou em parar com o álcool e drogas, por exemplo?"

"Com louco não se compra briga, Marilu. Esse demônio não tem limite. Não entra nessa, não. Ele vai se acabar sozinho.

Logo logo tromba de frente com alguém mais louco ainda e aí game over."

"Mas... foi tipo uma briga, né? O Cacá provocou e o Tácio partiu pra cima? Essas coisas são difíceis de controlar. Quer que eu publique alguma coisa no meu blog? Posso chamar de entrevista? Acho importante as pessoas ouvirem sua versão, até porque os amigos do Tácio estão falando um monte por aí. É verdade que o Cacá está chantageando a família do Tácio?"

Covardes de número 100 a 1 milhão: nas redes sociais por aí

"Essa história tá mal contada. Não dá pra julgar sem ouvir os dois lados. O cara é um puta brother meu, conheço há mais de trinta anos, eu sei que ele é correto, ama a mãe, ama as mulheres. Já teve um monte de namorada e ninguém falou nada. De repente mudou? Acho muito estranho."

"Não tô defendendo ele, mas essa menina namorou anos com o Tácio, aceitou os presentes e as viagens, e sabia que ele era violento. Agora que respingou nela é absurdo de repente? Menos hipocrisia, por favor."

"Jesus fez muitos milagres, o maior deles foi o milagre do perdão! Perdoou até aqueles que O crucificaram! Temos que aprender a perdoar. Não julgar, mas compreender, acolher."

"De um lado temos um dependente químico em estágio avançado de psicose, do outro temos uma dupla que achava isso tudo bonito, e dava mais comida ao tigre da loucura todos os dias. Do jeito que eu vejo, eram três inconsequentes brincando de peteca com uma granada. Não tem santo nessa história."

"O que ela fez para deixar ele tão bravo assim? Tem mais coisa nessa história, com certeza."

"Essa mina tá fodida! Quem vai ser macho de chegar nela agora? O Tácio manda matar, certeza."

A última foto do Tácio no Instagram tem cento e três curtidas, a maioria de mulheres, e dezoito comentários, a maioria bem recentes. "Tamo junto, irmão."

Eu me sinto uma ilha de raiva cercada de medo por todos os lados. Será que só eu vivi as últimas semanas? Eu acho que me responderiam "sim", se eu tivesse coragem de fazer essa perguntinha. Mas não tenho coragem, porque sei que fui só eu mesma. E que tô sozinha nessa. Que não tenho mais meus quatro primos, nem meu pai, nem meu melhor amigo, nem o policial na porta do meu quarto, nem ninguém. E isso dói bastante. Puta que pariu, como dói.

Florianópolis, outubro de 2012

Recebi alta do hospital depois de quinze dias. Seria menos, não fossem as duas plásticas que tive que fazer pra desamassar meu nariz e minha boca.

Meu rosto tem desinchado bem e eu deveria ficar feliz com o progresso, mas, junto com o sangue pisado e o pus, foram embora também minha energia, meus planos, minha vingança. Em vez de me sentir bonita de novo, eu me sinto murcha.

Tácio ficou três dias preso. Pagou fiança e agora responde em liberdade ao processo. Meu advogado anda otimista, sorridente, mas eu suspeito que isso tem a ver com a nova obsessão dos meus pais: me curar de uma suposta depressão. Acho que a maioria das pessoas diagnosticadas com depressão está só entediada com o mundo. Não tem nada clinicamente errado comigo, eu só tô entendendo melhor o mundo em que eu vivo e comecei a considerar seriamente se vale mesmo a pena continuar participando dele. Isso não é um problema químico nem psicológico: é um problema de motivação mesmo. É como se as minhas ideias tivessem contraído um vírus e agora elas saem da minha cabeça já meio mortas e sem a menor graça.

E, quando dizem que alguém "se curou" da depressão, eu acho que o que realmente aconteceu foi que aquela pessoa se cansou de tanta gente fingindo felicidade, de tantas risadas forçadas e comentários otimistas fora de hora, e ela simplesmente resolveu começar a fingir também. "Bom, eu não aguento mais ser tratada como uma criança doente, cercada de gente ridícula fazendo bilu-bilu e o caralho. Mas também não quero me matar. Então minha única opção é fingir que tô feliz. Quem sabe assim esse povo me deixa em paz."

Um sorriso falso pra apagar outro sorriso falso, enquanto no íntimo você continua pesando os prós e contras de continuar vivendo, porque não dá pra desaprender como o mundo funciona ou esquecer de coisas que você viu.

Tem certos segredos que, quando são contados, sugam a importância de tudo em volta deles. Uma vez, eu descobri que um namorado me traiu. A gente estava junto já fazia quase dois anos, tivemos um milhão de momentos bons, mas, de repente, a única informação que importava era a noite em que ele me traiu. Nada impedia que a gente tivesse outros tantos momentos bonitos juntos, que a gente se acertasse de novo. Nada, a não ser aquele detalhezinho escondido numa noite de Carnaval. Duzentas mil horas boas, uma hora ruim. E de repente só a hora ruim importava. Agora multiplique essa hora ruim por duzentos mil e você vai entender o que foi aquela noite no apartamento do Cacá.

E dessa vez não foram só as memórias que tiveram sua graça sugada; foram os sabores também, e os cheiros. Já o tato, não. O tato (pai de toda a dor que eu sinto), esse continua latejando mais forte do que nunca, pulsando como se estivesse me dando uns cutucões, vendo até onde eu aguento, perguntando, com a voz emprestada do maldito do Victor Hugo: "Vai chorar?".

O segredo que eu descobri enquanto meu nariz e minha boca eram triturados por dois punhos fechados é que eu estou sozinha no mundo e ninguém, nunca, vai aparecer pra me defender. No máximo, algumas pessoas obrigadas por laços de família vão vir sentar do meu lado no hospital. Elas vão dar uns sorrisos forçados, vão mentir que vai ficar tudo bem, mas, mesmo durante esse teatrinho, elas vão manter um olho fixo no celular, e vão estar pensando em quanto tempo mais elas têm que ficar ali e calculando quanto vão gastar no estacionamento do hospital.

Tem também os remédios, óbvio. Eles ajudam, mas não porque trazem alguma resposta mágica aos questionamentos; ajudam porque embaralham a cabeça. São tipo um redutor de QI. Dizem que gente burra não se mata e eu acredito.

Por isso eu tenho tomado tudo que me prescrevem, e não é pouca coisa: dois comprimidos de manhã, em jejum, três na hora do almoço, dois à noite. Todos tarja pretíssima. Tenho andado pela casa que nem uma alma penada, mas não tenho chorado mais tanto.

Casa dos pais, outubro de 2012

Este mês faz dois anos que trabalhei pela última vez como atriz. Falando assim parece até que eu fazia só coisas tipo *Hamlet*, né? Não é o caso: meus únicos papéis depois do teatro-escola foram em peças infantis. Na última fiz a Cinderela, o que é irônico porque, se tem uma parte do meu corpo que eu não gosto, são meus pés. Meu par era um príncipe gorducho.

Em alguma daquelas manhãs de domingo, olhando praquele gordo semicareca usando uma farda azul e branca de cetim, eu percebi que minha carreira de atriz estava morta e enterrada. Àquela altura eu também já sabia que minha carreira de modelo não duraria muito. Modelos e esportistas sofrem do mesmo mal: ao contrário das outras profissões, as nossas carreiras vão de cima pra baixo, e bem depressa. Não tem nada mais deprimente do que uma modelo com mais de trinta anos. Você começa a ter que fazer papel de mãe em propaganda de seguro de vida ou, pior ainda, vira hostess de restaurante executivo.

Então, durante a última semana de *Cinderela: Um reino das fadas*, eu pensei num plano mais ou menos razoável pra ganhar dinheiro dali pra frente: eu iria produzir meus próprios biquínis, vender pela internet e retomar a faculdade de arquitetura, só que agora em São Paulo. Meus pais me ajudariam com as primeiras mensalidades e uma amiga estilista me ajudaria com a produção das peças.

Mesmo hoje em dia, quando passei a duvidar de quase tudo, eu ainda acredito que esse plano de carreira teria funcionado bem pra cacete. Acho que meus biquínis seriam um sucesso: eu organizaria um desfile ou dois por ano e convidaria minhas amigas modelos pra desfilarem de graça, na amizade; eu ganharia algum espaço de mídia espontânea, porque isso sempre acontece quando você consegue juntar três ou mais mulheres bonitas num mesmo evento; daria peças de presente pra algumas atrizes globais, que usariam no réveillon em Fernando de Noronha, e isso geraria uma procura absurda pelo mesmo modelo. Eu chamaria a marca de Mar-y-Lu.

Depois de formada, eu largaria os biquínis (isso funciona bem pra pagar mensalidade de faculdade, mas não acho que sirva pra uma carreira longa) e me tornaria uma grande decoradora ou designer. Eu teria uma loja bacana na Gabriel Monteiro da Silva, e daria entrevistas pra *Casa Vogue*, e quem sabe pra algumas revistas europeias também. Eu teria uma poltrona moderna de madeira e palha com o meu nome, que venderia horrores pra hotéis-butique da Europa, e seria um objeto de desejo de socialites por aí. "Na casa de fulana tem uma Marilu Alvorada azul-petróleo na sala. Linda."

Eu ainda estaria sozinha, óbvio, não tenho mais ilusões sobre isso, nem em mundos imaginados. Mas pelo menos eu seria respeitada e admirada. Isso já seria muito bom. Quase como um abraço, ou como uma palavra de consolo verdadeira. (Do tipo que eu merecia escutar mas não escutei até hoje.)

Desde que saí do hospital, meu pensamento tem passeado por muitos lugares. Eu fico tentando encontrar coisas bonitas pra pensar, e eu ainda não encontrei nada melhor que esse mundo paralelo da Mar-y-Lu. Toda vez que eu penso nisso, eu adiciono mais um detalhe, mais uma conquista dessa minha vida imaginada tão linda. E, cada vez que sou obrigada a parar de pensar nisso, seja porque chegou uma visita ou (pior ainda) um advogado, seja porque minha mãe está me chamando pra comer alguma coisa sem gosto, cada vez que uma dessas atividades me tira da minha vida imaginada, eu choro um pouquinho, porque não tem nenhum caminho realista entre onde estou agora e essa vida alternativa que eu deixei pra trás por causa de um homem-nada, escondido atrás de pupilas estouradas de cocaína.

O Tácio me roubou esse sonho também e quando me lembro disso, eu sinto meu pensamento escorregando devagar em direção a um lugar escuro que nasceu dentro de mim. Sei que isso é meio inevitável agora: ficar triste. Às vezes eu consigo fugir um pouco da dor pensando no meu sonho de vingança. Não no processo legal, com todas aquelas instâncias e testemunhas, mas no plano de contratar alguém pra espancar o Tácio.

A perda da minha beleza me deixou meio perdida, não sei bem por que tô aqui ainda. Pensar que saí numa missão e que essa missão é punir quem me machucou me dá um novo sentido. Quando o mundo escurece muito, uma voz dentro de mim aparece cochichando: "Foco, Marilu, você tem uma missão a cumprir", como num daqueles filmes de espionagem, e eu me recomponho um pouco. Minha missão é desentortar o mundo.

O amigo de um amigo de um amigo finalmente me arranjou o contato de um espancador de aluguel. Um número de telefone, com código do Paraná, e um nome bíblico em cima. Isaías: nome de profeta, justiça divina. Assim eu espero.

Ainda não tive coragem de ligar, mas guardo o pedaço de papel com o número no bolso como se fosse um santinho, e já vi na minha cabeça a cena acontecer milhares de vezes. Minhas versões preferidas ainda envolvem um taco de beisebol.

Um lugar escuro, outubro de 2012

Liguei pro tal Isaías ontem, mas não disse nada.

Quando ouvi alguém do outro lado da linha, minha voz caiu da boca e correu pelo canto do quarto, pra dentro do banheiro, embaixo da pia, entrou num ralo enferrujado e sumiu. Em seguida veio um choro feio e doído, porque não era só choro de raiva ou de depressão, era choro de medo mesmo. Eu lembrei daquela noite no apartamento do Cacá com uma porrada de detalhes novos e senti meu estômago entortar todo. Meu rosto queimava, e eu me abraçava em posição fetal, no chão do quarto mesmo.

Naquele momento ficou claro pra mim que eu era uma covarde também e que eu nunca teria coragem de contratar aquele profeta bíblico pra espancar alguém, mesmo um alguém tão escroto como o Tácio, e, justamente por causa disso, é melhor eu começar a me acostumar com meus pensamentos mais escuros. De agora em diante, eu moro nesse lugar escuro que apareceu dentro de mim. Os pensamentos que nascem aqui dentro não são nada legais e eu preferia não ter que conviver com nenhum deles. Mas é assim que é.

O primeiro deles é sobre o medo de acontecer de novo. O medo do Tácio entrar em casa e fazer outra vez o mesmo, ou pior. Tenho lido histórias de mulheres que tiveram o rosto desfigurado por ácido ou foram mutiladas. Não sei por que caralho eu procuro isso, mas não consigo resistir e às vezes eu passo a noite toda acordada, lendo essas histórias na internet, na certeza de que também vai acontecer comigo, que é só uma questão de tempo, que aquilo não foi um incidente isolado. Às vezes eu rezo pra que, quando acontecer, meus pais não estejam em casa.

Outro pensamento frequente é sobre a vergonha, óbvio. Não consigo imaginar como vai ser sair em público agora, porque todo mundo ouviu (e comentou, e opinou, e especulou etc. etc. etc.) a minha história. Vão me olhar procurando as cicatrizes, vão adivinhar os enxertos, vão ficar olhando bem de perto para todos os meus movimentos e ouvindo tudo que eu falar, tentando achar uma pista que ajude esse bando de Sherlock Holmes da casa do caralho a descobrir o grande mistério que é o motivo por trás da minha surra. "Por que será que ela apanhou, hein?" "Que drogas eles usavam, hein?" "Como será que ela provocou ele, hein?" "Quem pagava a conta do cartão de crédito dela, hein?" "Hein?" "Hein?" Todo mundo quer saber se foi a cocaína ou o Zoloft que me esmurrou, e o que eu fiz pra provocar. Ninguém quer saber se meu cabelo vai nascer de novo, ou se meu olho vai abrir, ou se dói pra respirar.

Às vezes eu penso em morar fora do Brasil, tentar começar de novo, mas me falta ânimo pra isso, e geralmente esse tipo de plano é perigoso, porque com ele volta a sensação de estar sozinha no mundo, e com ela o medo de sofrer isso de novo.

Por último, tem um pensamento que me angustia mais do que os outros: é sobre a feiura disso tudo, a falta daquela tal simetria justa que só um Isaías podia me trazer mas que ninguém vai me trazer, porque esse mundo é torto e vai continuar cada vez mais torto mesmo. Eu vivi em São Paulo tempo suficiente pra saber que daqui a um ano, se o Tácio der uma de suas lendárias festas, ou alugar uma casa enorme em Ibiza, ou algo assim, os amigos vão aparecer de novo. No começo um pouco constrangidos, meio inseguros, mas aos poucos eu sei que eles vão conversar entre si, e vão criar novas versões pra tudo que aconteceu, e vão ficar mais confiantes. Em pouco tempo, talvez, eles não vão nem lembrar mais dessa época, desses meses estranhos, quando eles tiveram que se afastar do amigão rico porque ele espancou uma mulher na frente de testemunhas e de uma câmera de segurança que gravou tudo. Eles vão esquecer até do vídeo, que eles compartilharam infinitas vezes em todos aqueles grupos de WhatsApp, todos tão chocados e puros. "Meu Deus! Que horror!"

Isso me incomoda mais do que tudo, porque as outras coisas são manchas em mim, e eu sei que posso cuidar de mim, se quiser (ainda estou decidindo se quero). Mas essa mancha está nos outros, em todos os outros, e me deixa sem ter onde me apoiar ou em quem confiar.

Um a um, os nomes dos meus amigos passam pela minha cabeça, e um a um eu imagino puxando o saco do Tácio de novo, como antes, como sempre.

Como eu disse, essa minha suposta depressão é na verdade uma questão de motivação: quem é que se anima a viver num mundo que funciona assim? Terminar logo com tudo, por preguiça dessa gente, parece uma saída bem razoável. Uma esnobada final nessa babaquice toda.

Já pensei nisso muitas vezes. Eu tomaria uma cartela inteira de Frontal, deitaria na minha cama e ascenderia aos céus, como fez a Dalida. Não dá pra fazer isso em Paris, infelizmente, mas quem sabe eu não acorde por lá. Num daqueles lobbies dourados, minha vó sentada numa poltrona de veludo vermelho, sorrindo pra mim com aquele ar só dela de tá-tudo-bem-agora.

Já escolhi a trilha sonora também: quero que seja ouvindo a voz triste da Dalida cantando "Ciao Ciao Bambina".
Deixaria uma carta curta, pedindo desculpas pelo incômodo e dizendo que perdi a vontade de continuar. E seria isso. Os amigos do Tácio seguiriam jogando confete nele e em tudo que ele faz? Acho que sim. O Tácio sentiria alguma culpa? Acho que não. Mas pelo menos assim ninguém teria dúvidas sobre a minha natureza, sobre do que eu sou feita. Ficaria claro que eu não aceito ser humilhada. De jeito nenhum. E ficaria claro o meu desprezo por toda essa gente de merda, pelo que eles representam. Eu acho que prefiro o vazio de não existir (é mesmo um vazio, vó?) a continuar vivendo num mundo de covardes, hipócritas, interesseiros e, principalmente, de espancadores de mulheres.

9

Cacá foi o primeiro a chegar, num smoking de velúdo vermelho que tinha o objetivo, suponho, de passar uma certa imagem de milionário excêntrico, mas cujo resultado me parecia dizer algo mais próximo a "Eu frequento outlets em Orlando".

"*Mon cher!* Adorei os copeiros de luvas brancas! Não fazem mais anfitriões como você. Linda tapeçaria, *by the way.*"

Aproveitamos aqueles minutos de paz para repassar mais uma vez a lista de confirmados. Minha mesa de jantar ainda é a mesma dos anos agitados: comporta até vinte e três pessoas. Se todos os que confirmaram presença de fato aparecerem, usaremos os lugares da mesa principal e ainda colocaremos sete pessoas a cada uma das duas mesas auxiliares montadas no meio da sala de estar. Tive que retirar um sofá e afastar uma escultura para acomodá-las, o que deixou o ambiente central do meu apartamento um tanto vazio e enorme. Uma faixa de sala pelada, sem móveis nem tapetes, surgiu entre as mesas menores e a sala de jantar.

Se tirasse alguns lugares da mesa principal e os redistribuísse nas menores, eu atenuaria a impressão de isolamento, mas não gosto de mexer em *seating charts* na última hora, e acho bom manter no ar um certo clima de mausoléu abandonado.

    A iluminação das salas também ajuda, criando ilhas de luz permeadas de rios de sombra: deixei pouquíssimas luzes acesas e resgatei os três grandes candelabros, esquecidos há décadas no fundo da prataria da Fazenda Eudóxia. São esculturas de bronze negro, no estilo Luís XV, cada uma portando uma lança dourada, de cuja ponta saem as bases para cinco velas. Às mesas menores, destinei as imagens de Poros, deus da riqueza, e Pênia, deusa da pobreza. Na mesa central coloquei a escultura do único filho desse improvável casal: Eros, deus da putaria. Sua feição é serena, segurando, nu, as cinco velas acesas.

    Na extremidade oposta à sala de jantar, oculta no escuro que se estende desde a janela até as mesas menores, instalei uma bancada preta cheia de pequenos botões e duas enormes caixas de som. Apesar dos cinco DJs confirmados, resolvi contratar um também. Era a única maneira de garantir que teremos música ruim disponível desde o primeiro convidado. Ou desde o segundo, dado que meu contratado errou o caminho e chegou alguns minutos depois de Cacá. Uma vez instalado em frente à pickup de som, a sala foi invadida por uma música suave, desprovida de espinha dorsal, conhecida entre meus convidados como Lounge Music.

    Pela primeira vez em muito tempo, abri os janelões da sala de estar e biblioteca, exibindo a vista suave dos Jardins Europa e América, apagados pelo breu; pareciam uma lagoa. O farol bege no topo da São José costumava se esconder de mim à noite, mas agora tinha uma nova luz vermelha, a piscar ininterruptamente acima da cruz de alumínio. Foi instalada por algum padre receoso dos helicópteros que passam por ali, voando baixo, girando suas hélices em velocidades supersônicas, corroendo lentamente seu eixo rotor, um nanômetro a cada volta, milhões de voltas por dia, por milhares de dias e voos, até que o eixo afine, a hélice bambeie, o helicóptero se despedace, e todos a bordo sejam arremessados no vazio da noite, forçados a perceber, de repente, que estavam voando numa caixa de alumínio e vidro, quinhentos metros acima do chão, a uma velocidade de quase duzentos quilômetros por hora, sem jamais terem questionado a sanidade daquele arranjo.

"Adorei as plaquinhas todas. Muito delicado esse trabalho de caligrafia. Quem faz?", disse o cavalheiro de smoking bordô, segurando um dos papeizinhos de gramatura grossa que atribuía a cada convidado um lugar específico. "Você tem certeza de que quer ele ao seu lado? Na mesa principal?"

"Distribuição de convidados e jantares formais é minha especialidade, não a sua. Relaxa", desconversei.

Nesse momento fomos interrompidos pela chegada de um sujeito bastante suado, com ar inquieto, autointitulado "dermatologista de celebridades". Ele vinha acompanhado de uma mulher muito loira, muito magra, de sobrancelhas petrificadas e boca sorridente. "Veterinária", ela disse, sem que ninguém perguntasse. Levando em conta o espécime ao seu lado, não ficou claro se estava ali a passeio ou a serviço.

Eu estava pedindo ao garçom que trouxesse mais duas taças quando começaram as perguntas: "Conta pra gente, Epê: que porra foi aquela, hein?"; "A PF inventa coisa pra caralho, *né?*"; "Te chantagearam? Bando de filhadaputa mesmo".

Estava claro que passaria boa parte da noite repetindo as mesmas histórias.

Quando tinha treze anos e quebrei o braço esquiando, minha maior preocupação era voltar ao colégio e ter que recontar inúmeras vezes a história do tombo dolorido, revisitando para sempre o momento mais idiota de uma temporada ótima de esqui, repleta de memórias muito mais agradáveis.

Como tudo antes da puberdade, a solução do meu problema foi simples, embora talvez um pouco deselegante: escrevi um resumo do acidente num post-it amarelo e colei no meu gesso. Quando alguém vinha perguntar o que tinha acontecido, eu apenas apontava para o bilhete.

Aos trinta e nove anos e com uma peça de condenação de mais de duzentas páginas, um post-it não pode mais me ajudar, infelizmente. Se pudesse, eu colaria um na testa, com enorme prazer, desde que me livrasse de responder perguntas inconvenientes como: "No que você estava pensando?". Obviamente eu estava pensando que não seria punido. No que mais eu poderia estar pensando?

Não interessa entrar aqui em detalhes operacionais da Navegação Poente, ou de como alterei regras do jogo em benefício da minha empresa. Também não interessa fazer um balanço do tamanho exato desses benefícios, ou de onde estaríamos se não os tivéssemos obtido.

Cada ocasião faz um ladrão único, cujo delito em si é menos interessante que suas motivações. A mesma máxima que me levou a corromper vale para avaliar o impacto das minhas ações: os fins são interessantes; os meios, nem tanto.

Acho suficiente dizer que as matérias dos jornais sobre o assunto estão certas, na sua maioria. A única coisa errada é a mania que jornalista tem de imaginar que corrupção se faz como num mercado persa: eu pago você aqui e você me entrega uma vantagem ali. Não funciona assim. O que hoje estão chamando de corrupção ativa, formação de quadrilha e lavagem de dinheiro, na verdade são vários aspectos de um só longo relacionamento. Eu nunca paguei um político sabendo o que queria em troca. E nunca iria falar abertamente com ele sobre o assunto.

Eu paguei com o mesmo intuito com que você convida uma pessoa influente — mas extremamente chata — para sua festa de aniversário: você sabe que em algum momento essa cortesia lhe será útil. E era justamente assim que eu via minhas ações: cortesias. No começo, eram pequenas, como emprestar um jato da empresa, uma casa de campo, depois se tornaram algo mais, digamos, concreto. O caminho da virgindade ao obsceno é lento, mas agradável.

Eu sabia muito bem, o tempo todo, as falhas morais do que estava fazendo. E sabia também dos impactos potenciais para o país como um todo. Nunca comprei nem o corolário de Nuremberg ("Eu só estava fazendo meu trabalho") nem o corolário dos empreiteiros ("O Brasil sempre foi assim. Essa é a maneira que este país encontrou para financiar seus políticos..."). Sempre tive a opção de não corromper, de ser mais um chato numa extensa linhagem de chatos. A opção de aceitar meu destino e minha irrevogável e digna decadência.

Também sabia que minha atuação desviava recursos que poderiam *potencialmente* ser usados em escolas e hospitais mas que, *provavelmente*, acabariam sendo usados em aposentadorias precoces de juízes ou na criação de mais uma autarquia inútil.

Talvez, se tivesse restringido minhas aventuras à caixa dois de campanha política, eu estivesse numa situação menos grave. Talvez não. Depende de qual caixa dois, aparentemente. Mas o fato é que, mesmo depois de tudo, não consigo apagar em mim um certo orgulho pelos contêineres-banco. Quando ficou claro que os bancos suíços iam entregar todo mundo e o dinheiro precisava sair do sistema, oferecer discretos terminais blindados em portos africanos pode ter sido um desastre, mas foi um desastre genial. Criei um sistema bancário *off-grid*, como os Médici um dia tiveram. Se desse certo, eu também poderia escolher meus próprios papas um dia. Se desse certo.

A verdade é que, quando você sente sua posição no mundo ameaçada, sua posição em sua casa ameaçada, essas ponderações parecem irrelevantes.

Tenho para mim, como único atenuante, a falácia de que quem rouba por último é menos corrupto do que quem rouba primeiro. Mas quem roubou primeiro? O quitandeiro português? Ele certamente pode relatar algum episódio de corrupção impune que o precedeu também. E assim retroativamente, até Cabral. Não o governador, mas o navegador português. E mesmo antes. Quem sabe dos conchavos que os índios faziam, numa cultura sem a palavra escrita para denunciá-los depois? O primeiro crânio humano encontrado por arqueólogos traz uma rachadura em sua base provocada por alguma ferramenta cortante. Tão longe quanto podemos ver, temos trapaceado e nos apunhalado pelas costas. Talvez essa seja a nossa regra. Esse é o nosso sistema. Tentativas de controlá-lo são fugazes.

CONVIDADO 1   Me parece que sempre estivemos aqui.
CONVIDADA 2   E ficaremos aqui para sempre.
CONVIDADO 1   A menos que fujamos juntos. Que nos percamos nas sombras.

A segunda lei da termodinâmica, uma das (poucas) leis fundamentais que regem nosso universo, descreve o processo de entropia, a partir do qual sistemas organizados tendem a dissipar sua energia gradualmente, rumo ao caos e à dissolução do sistema original. Isso não ocorre para criar algo novo e melhor, mas simplesmente para desmontar a ordem vigente. Uma vez estabelecido o caos, não há nenhuma lei (fundamental ou não) que sugira uma reconstrução da ordem perdida ou de alguma nova ordem. A entropia age de maneira unidirecional. E a direção é o caos.

Por toda a sua tradicional aversão a leis em geral, a sociedade brasileira parece bastante apegada a essa em particular. Não me lembro de conhecer outro lugar onde a classe dominante seja tão rapidamente marginalizada como aqui.

Eu concedo: posso estar exagerando, posso estar vendo o desmantelamento de toda uma ordem social onde na verdade só há a minha queda. Pode ser, mas não acho provável.

Um crítico, olhando a pirâmide social brasileira, diria que não existe mobilidade social no país e, se não existe mobilidade, então o sistema vigente segue funcionando firme. Não há caos. Há apenas minha própria incompetência. Mas isso acontece porque os críticos não fazem parte do meu mundo.

No topo dessa pirâmide, onde nasci e onde pretendo morrer, existe outra pirâmide. E o topo desta está em constante processo de destruição e desmonte. Ninguém que chega lá consegue ficar muito tempo. Nossas dinastias não duram eras, duram algumas poucas novelas de TV. *If you're lucky.*

Rockefellers e Vanderbilts, Rothschilds e Grosvenors, Dassaults e Thyssens, todos nascem e morrem com assento garantido no topo de suas pequenas pirâmides. Mas o que dizer dos Matarazzo ou dos Guinle?

Eu não fiz o que fiz por medo de ficar pobre, ou cair para a base da pirâmide social brasileira. Meu medo era perder o mando de campo, ceder o segundo cume para novos alpinistas. E por um tempo achei mesmo que tinha criado um sistema de alianças duradouro, que minha posição estava garantida, mas a entropia já corroía meu lugar nesse mundo muito antes de eu nascer. Minha decadência era inevitável, só eu não sabia.

Nunca conversei com meu pai sobre nada disso, claro. Mas sei o que ele diria. *Noblesse oblige.* A ideia de que, se você tem uma posição de destaque na sociedade, você, mais do que todos, deve zelar pelo bom funcionamento e preservação das regras dessa sociedade. Mas o que dizer de uma sociedade que conspira contra você? Que lentamente esvazia sua posição e alça pessoas completamente despreparadas para o seu lugar?

A partir de certo ponto, eu só queria mesmo era arrancar uma parte do couro cabeludo dessa tal sociedade. Ser filmado fazendo isso. E ser absolvido em seguida.

Esse é meu único arrependimento: ter sido pego. Não fui absolvido, como o "colecionador de Ferraris" foi. Cada sociedade tem o Ted Kennedy que merece, aparentemente.

E isso me traz de volta ao meu jantar. Não serei rude como o conde d'Eu, não vou barrar os Benjamin Constants do meu mundo. Nem sou intransigente como David Hilbert, que morreu se recusando a reconhecer a falência de sua matemática formalista. Convidei trinta e sete Constants e Gödels — data venia —, e vamos celebrar juntos o desmonte de mais um sistema perfeito. Mas, se não tenho vocação para ignorá-los, também não me sinto à vontade para amá-los. Não sei ainda como vai terminar este jantar. Tenho uma ideia mais ou menos clara, que venho articulando há algumas semanas, mas não sei se conseguirei transplantá-la do mundo das ideias para o mundo real.

No momento, este plano todo encontra-se escondido no interior de um estojo de prata antigo, que trago no bolso do meu colete. Originalmente um porta-cigarros, eu o converti em algo mais afeito aos meus hábitos: num lado trago sete Gauloises; no outro, um espelho, um pequeno cilindro de platina e treze gramas de um pó branco muito parecido com cocaína mas que traz um *zest* a mais.

Uma caixa do pesticida Gloxocan custa R$ 59,97 na internet. É surpreendente, se considerarmos que dentro daquela caixa branca de plástico há vinte blocos, de vinte gramas cada um, de brodifacoum.

"Se Ferdinando de Médici estivesse vivo hoje, usaria veneno de rato, aquela besta. Já sua sobrinha Catarina, muito mais elegante, usaria brodifacoum. Talvez colocasse no talco das luvas. Se bem que ninguém mais usa luvas." Aturar horas de abstrações delirantes do dr. Aref Jorge, ph.D., me renderam algo, afinal.

A estrutura química do brodifacoum é conhecida como 4-hydroxicumarina. Ela equilibra nove átomos de carbono em perfeita simetria entre si, formando um ∞. Fossem apenas eles, a molécula resultante poderia ser a de grafite, ou um diamante, mas, no processo de formar o ∞ perfeito, a estrutura se descobre deficitária em elétrons, e acaba atraindo para si três átomos de oxigênio e seis de hidrogênio, que se ligam à molécula de carbono como bigodes grafitados na Mona Lisa.

Entre tantas moléculas imperfeitas, essa me interessa em particular porque, uma vez em contato com a corrente sanguínea de qualquer mamífero, ela se funde com a enzima polimórfica responsável por produzir vitamina K_1. Essa vitamina, por sua vez, é a responsável pela coagulação do sangue. Sem K_1, não há cicatrização.

Uma pessoa exposta ao brodifacoum não apresenta nenhum sintoma nas primeiras vinte e quatro horas; tempo necessário para o esgotamento das enzimas coagulantes no sangue. A partir desse período, começa uma competição interessante entre os diversos órgãos do corpo: quem sangra primeiro? Os vencedores costumam ser o sistema digestivo ou o cérebro. Em ambos os casos, a difícil localização do problema reduz consideravelmente as chances de sobrevivência da vítima, ao mesmo tempo que distancia envenenado de envenenador.

Para qualquer pessoa de até oitenta e nove quilos, bastam dois gramas da mistura que levo no bolso (cinco por cento de brodifacoum, noventa e cinco por cento de cocaína) para que seu sangue passe a correr mais solto para fora das veias.

"Mil novecentos e noventa e três foi a safra do século em Bordeaux. Tô brincando, não entendo porra nenhuma de vinho", disse uma moça, muito bonita e sorridente — cujo nome passou longe da minha memória —, ainda segurando uma garrafa de Château Lafite. Ela veio a um jantar de gala usando um All Star? "Gente interessante fala de ideias, gente normal fala de gente, gente chata fala de vinhos", respondeu rindo uma das pessoas mais chatas que conheci na vida.

O último príncipe de Lampedusa, Giuseppe di Lampedusa, foi um homem culto; sempre inconformado com a extinção de sua casta durante a unificação italiana e a conquista do seu Reino das Duas Sicílias pelo exército maltrapilho de Garibaldi. Contemplando a total decadência de seu mundo, e o surgimento de uma nova ordem que desprezava profundamente, o príncipe escreveu algumas linhas em defesa dos seus. Ele não sabia, mas também me defendia ali. Melhor que qualquer um dos meus advogados:

> Embora possa não parecer, são menos egoístas do que muitos outros: o esplendor das suas casas, a pompa das suas festas contêm em si algo de impessoal, um pouco como a magnificência das igrejas e da liturgia, algo de fato *ad maiorem gentis gloriam*, que os redime e não pouco; por cada copo de champanhe que bebem, oferecem cinquenta aos outros, e quando tratam mal alguém, como acontece, não é tanto a sua personalidade que peca quanto a sua classe que se afirma.

Eu só queria mandar. Por que não me obedeceram?

10

Praia Brava, dezembro de 2012

Meu biquíni preferido é todo branco e tem dois lacinhos nas laterais.

Sempre gostei muito dele porque o branco na minha pele bronzeada dá um contraste mara, e a estampa simples e lisa evita distrações. Eu gosto dos olhares em cima do que eu tô mostrando, não do que eu tô tapando. A Brigitte Bardot dizia que um biquíni deve funcionar como arame farpado: demarcar a propriedade privada, sem atrapalhar a visão.

Eu tenho tentado recuperar meu bronzeado na varanda da casa dos meus pais, mas tá foda. Os médicos falam que eu tenho que escolher: ou tomo sol ou desincho. Não dá pra fazer os dois. Até agora eu tenho obedecido às recomendações deles. Não tô segura o suficiente pra bancar a rebelde.

No passado, quando perguntavam meu peso, eu sempre falava cinquenta e oito quilos, e eu continuei falando isso mesmo quando já não era mais verdade: faz uns três anos, mais ou menos, que eu carrego em segredo dois quilos e meio a mais do que meu peso ideal. Faz também uns três anos que eu não consigo me olhar no espelho sem lembrar desses dois quilos e meio, de onde eles vieram (vodca e brigadeiro, principalmente) e pra onde eles foram (um quilo na cintura, que passou a ficar feia quando eu usava jeans muito justos, e um quilo e meio nos quadris, fazendo minhas coxas encostarem uma na outra às vezes).

Nesses últimos meses eu perdi muitas coisas: meu namorado, dois dentes, alguns amigos, minha alegria de viver. Mas hoje, me olhando de biquíni no espelho pela primeira vez em séculos, eu vejo que perdi algo a mais, e pelo menos dessa vez foi algo que não vai me fazer falta: aqueles malditos dois quilos e meio foram embora.

Minha barriga tá mais reta que o próprio espelho. Minha bunda tá mais leve, empinou mais uns centímetros. Minhas coxas não encostam mais uma na outra. E meus peitos não perderam nem um grama.

Na TV da sala, o jornal mostra um desses ditadores loucos vistoriando um míssil atômico enorme. O sorrisinho de confiança no rosto do ditador é parecido com o meu sorriso, olhando meu corpo no espelho. Meu míssil está pronto pra voar de novo, só me falta um bronzeado.

"A beleza é uma ditadura de curta duração." Ainda penso nessa frase. Pode ser que seja assim mesmo. Mas essa ditadora aqui acabou de renovar o mandato por mais alguns anos.

Cansei de tomar sol em varanda. Preciso de praia. Preciso de plateia.

Aeroporto Hercílio Luz, janeiro de 2013

Na minha carteira de identidade tá escrito "Naturalidade: S. Paulo — SP".
Se tem uma coisa que não combina com naturalidade é justamente São Paulo.
É engraçado pensar por que é que escolheram essa palavra pra descrever o lugar onde nascemos — porque "natural" também quer dizer uma coisa esperada, típica. E eu nunca me senti uma paulistana *típica*, por exemplo. Nunca me identifiquei com essa cidade. Mesmo assim, apesar de tudo que eu passei, e apesar desses meses relax que tive na casa dos meus pais, eu tô aqui: embarcando num voo de volta pra São Paulo, CGH, fingindo naturalidade.
Eu tenho um monte de boas memórias dessas férias forçadas em Floripa. Foi aqui que cicatrizei e voltei a gostar de mim, e eu cheguei a pensar muitas vezes que, de agora em diante, minha vida seria aqui. Demorou um bom tempo pra moça medicada aqui perceber que não tem a menor condição disso acontecer.

Isso só ficou claro mesmo há duas semanas, quando eu criei coragem pra reencontrar meus amigos da época da faculdade. Eu fantasiava ter uma vida mais simples, e mais estabilidade também, mas, quando olhei pra simplicidade e pra estabilidade nos olhos, quase vomitei. O papo provinciano, as carecas precoces, as bermudas cargo, as camisetas de time de futebol, os saltos altos de acrílico. Apesar de detestar a hipocrisia de São Paulo, pelo menos lá a feiura não aparece em foto. Aqui dá pra ver de longe. Minha tia Carlota costumava dizer que é melhor chorar em Paris que ser feliz em Osasco. Acho que finalmente entendi o que ela queria dizer com isso.

Tenho pensado bem menos nas coisas escuras que me entristeciam. Do medo e da vergonha que senti, já não sinto mais quase nada. Conversei muito com meus pais e com uma analista também, e isso ajudou, mas acho que o que me ajudou mais mesmo foi cicatrizar, desinchar, e me reconhecer no espelho de novo. Eu tava me sentindo muito pequena, sem minha identidade. Graças a Deus eu não fiquei com cicatrizes físicas do que aconteceu, isso ajuda pra cacete.

Sobre o Tácio e a sensação de injustiça, eu tenho falado bastante com meu pai. Ele não é assim um filósofo brilhante, tá mais pra um autor de livro de autoajuda mesmo, mas me ama muito e eu amo ele também.

Ele me falou uma coisa que eu achei bacana. Ele disse: "Tem coisas contra as quais temos que lutar, e tem coisas que temos que suportar. E o sábio sabe a diferença entre elas". O processo tem andado bem na Justiça, semana que vem já vamos ter uma audiência com o juiz, então não preciso me desesperar. Acho que o Tácio vai ter o que merece.

Não vejo a hora de virar essa página e esquecer tudo. O que eu quero mesmo é retomar minha vida como eu deixei, naquele balcão do Unagui Sushi — e eu tenho um plano pra isso. Então é nisso que ando pensando: retomar a faculdade de arquitetura, alugar um apartamento novo, vender biquínis online. Talvez desse jeito eu encontre finalmente a minha naturalidade paulistana: além de *nascida em São Paulo*, também *típica de São Paulo*.

Palhares e Associados Advogados, março de 2013

Meu cliente lamenta profundamente o ocorrido [...] ele reconheceu que é dependente químico e está se submetendo a tratamento [...] se a prisão for decretada, o tratamento será interrompido [...] um acordo extrajudicial poderia evitar isso [...] entendemos que foram causados muitos danos físicos e morais [...] meu cliente está motivado a corrigir seus erros [...] mediante um pagamento único, à vista, de cinco milhões de reais.

Desde que voltei pra São Paulo, eu me acostumei com advogados. Quem toca o processo todo pra mim é um amigo dos meus pais chamado Cláudio. Dr. Cláudio. Não entendo por que os advogados pegam emprestado esse título dos médicos, mas também não tenho o menor interesse em descobrir. Uma hora por semana de "dr. Cláudio" é suficiente pra acabar com qualquer curiosidade que eu poderia ter sobre o mundo maravilhoso da advocacia.

Tudo bem. Pode ser que eu esteja sendo meio injusta com ele, que o dr. Cláudio seja um cara legal fora do escritório, mas esse jeito técnico e essa burocracia não ajudam. Além disso: sempre que venho aqui é para discutir sobre o pior dia da minha vida. Isso com certeza também não ajuda. As gravatas dele são bonitas, pelo menos. E os ternos são todos feitos à mão, com certeza. Dá pra ver que as lapelas têm aquele tal de *pick stitching*. Tive um ex que dizia que é pela lapela que se vê o preço de um terno.

Geralmente eu ignoro tudo que o dr. Cláudio fala, tento pensar em outras coisas, e aí no final eu concordo com o que ele sugere.

A única vez que eu quis discordar de uma sugestão dele foi quando soube que os advogados do Tácio queriam uma reunião comigo. Dr. Cláudio ficou feliz com isso, dizia que era bom sinal, que a gente devia ouvir o que eles tinham pra falar, mas eu fiquei apavorada.

Todos os dias, ao sair de casa, eu rezo baixinho pedindo pra não encontrar com Tácio na rua. Mesmo sabendo com certeza que ele não está em São Paulo. O medo não aceita argumento. Eu também sabia que eram só uns drs. Cláudios que vinham me ver, mas tinha medo mesmo assim.

Conversei bastante com meus pais sobre isso e no final ouvi da minha mãe que eu sempre fui uma pessoa mais curiosa do que medrosa e que não deveria nunca mudar isso.

Foi assim que eu aceitei a reunião.

Eu já sabia que devia esperar alguma proposta deles, mas ninguém me disse como ela seria. Minha base de comparação eram seriados americanos, quando o culpado negocia uma pena menor por uma confissão, ou alguma coisa assim. Aquilo era muito diferente. Era como se não entrasse na minha cabeça o que eles estavam dizendo.

Depois da proposta inicial, os advogados começaram a discutir uma porrada de detalhes e burocracias do processo. Foi bom, porque deu tempo pra eu digerir um pouco aquilo tudo. A primeira vez que ouvi, lembro de sentir raiva e de não entender por quê, como se alguém me xingasse numa língua estranha. Não sabia como reagir e as palavras não faziam sentido. Parecia que eles queriam pagar cinco milhões de reais pra que eu retirasse o processo e deixasse o Tácio livre, leve e solto. Mas isso não fazia sentido.

Quando os advogados visitantes finalmente foram embora e eu pude ficar sozinha com o dr. Cláudio, eu tinha um caminhão de perguntas, várias delas repetidas, porque eu não acreditava nas respostas que recebia.

Resumindo tudo, era aquilo mesmo: eles me pagariam cinco milhões de reais pra que eu retirasse o processo e deixasse o Tácio solto. Também não podia nunca mais falar do assunto, nem dar entrevista (como se eu quisesse isso...), nem nada.

A reunião terminou com minha promessa de pensar no assunto. Como se fosse possível ignorar uma merda dessas.

Elevador, março de 2013

O elevador do escritório de advocacia não tem espelho nem TV. Funciona muito bem como preparação pro tédio que é uma reunião lá. Mas até naquele elevador tem uma câmera de segurança e foi uma igual a essa que salvou meu processo. O dr. Cláudio me disse várias vezes: sem o vídeo do elevador, não teria prisão. Agora, talvez mesmo com o vídeo ele não seja preso.

É difícil pensar nesse assunto. Por vários meses, eu me agarrei em ideias de vingança e justiça e, se eu aceitar uma proposta dessas, não tem nem uma coisa nem outra. Cinco milhões é dinheiro pra cacete, mas não vai fazer falta pra família do Tácio. Não dá pra ser ingênua e imaginar que ele vai sofrer com esse pagamento. Um acordo desses só vai reforçar o que ele viu a vida toda: que dinheiro compra todo mundo e que, enquanto houver grana, há esperança.

Esse pagamento não vai fazer nada pra mudar o monstro

escroto que meu ex-namorado é. Pelo contrário, vai reforçar o comportamento dele. Mas será que eu tenho que pensar nele? Depois de tudo isso, eu ainda tô preocupada com ele? Devia pensar mais em mim mesma. O que é melhor pra mim: um bosta preso ou a minha segurança financeira?

Tem também, óbvio, a questão da próxima vítima dele. Se sair limpo dessa história, pode ser que ele faça de novo. Talvez faça pior. Mas será que ficar um ou dois anos preso vai impedir isso?

Desde que o Cacá se negou a testemunhar a meu favor, eu parei de falar com ele. Sinto muita raiva daquela bicha medrosa. Mas também sinto saudades, especialmente hoje, porque eu sei exatamente o que ele me diria nessa situação: *Take the money, honey*.

Eu lembrei de uma história que ele me contou; na época rimos muito, mas hoje ela tem um gosto azedo. Era sobre um homem viajando na primeira classe de um voo entre Nova York e Paris. Do lado dele, senta uma mulher maravilhosa e ele decide tentar a sorte.

"Boa noite, desculpe a intromissão, mas eu não consegui me controlar. Meu nome é James Bullshit III, acabo de voltar do velório do meu pai e estou muito infeliz, não tenho o menor interesse em herdar todo o dinheiro que ele me deixou, mas tenho muito interesse em você. Estou fascinado pela sua beleza. Desculpe meu atrevimento, por favor, mas eu preciso encontrar sentido na minha vida de novo: você aceitaria passar uma noite comigo por cem milhões de dólares?"

A mulher fica surpresa; um pouco ofendida, mas surpresa. Ela pensa em tudo que pode fazer com cem milhões de dólares, e decide aceitar a proposta, desde que ele deposite a quantia antecipadamente, óbvio.

Assim que ela concorda, o homem muda o tom e fala: "Você transaria comigo por cem dólares?"

Ela fica indignada. "Você está pensando que eu sou uma prostituta?"

O homem então fala tranquilamente: "Prostituta já estabelecemos que você é. Agora estou simplesmente negociando o preço".

Alameda Gabriel Monteiro da Silva, São Paulo, julho de 2016

Demorei duas semanas pra aceitar os cinco milhões, mas a verdade é que eu saí daquele escritório sabendo muito bem qual seria a minha resposta. Só que eu tinha muita dificuldade em justificar aquela decisão.

Eu queria dar um ar de dignidade pro acordo, explicar pra todo mundo que eu tinha medo de retaliações se ele fosse preso; que, de qualquer maneira, ele não passaria mais do que um ou dois anos na cadeia e que poderia sair de lá pior do que entrou; ou ainda que eu tinha medo do juiz anular o processo todo. Não importa qual versão desses argumentos eu usava, as pessoas sempre me ouviam com um cantinho da boca contraído e meio levantado, com aquela cara universal dos cínicos. *Claro, Marilu, eu acredito.*

Eu aceitei o acordo por mim, porque cinco milhões na conta me fizeram muito bem. E não estou nem um pouco interessada em ensinar porra nenhuma ao imbecil do Tácio. Essa é a verdade.

Esse dinheiro comprou meu apartamento, está comprando meu diploma em arquitetura, e me deu a estabilidade que eu precisava pra encontrar meu namorado atual. E todas essas coisas juntas me trouxeram de presente a justificativa que eu não soube inventar na época em que aceitei o acordo: hoje eu olho pra trás e vejo que a punição do Tácio já estava pronta quando eu entrei no hospital.

O meu rosto amassado e os vídeos do circuito de segurança condenaram aquele menino mimado a uma vida medíocre, na beirada de um mundo onde até então ele era protagonista.

Claro que o dinheiro fácil vai acabar atraindo novos — e antigos — amigos. Mas os amigos que somem vão sempre falar mais alto do que os que ficam, e mesmo esses que sobram vão acabar perdendo interesse naquela amizade, porque dinheiro, em São Paulo, não é raro. O que é raro é alguém com a reputação de covarde tão universalmente conhecida como a de Tácio di Grotta.

Aos poucos, ao longo dos anos, os amigos que sobraram também irão percebendo que suas vidas andam numa velocidade maior que a do Tácio. A rejeição que afeta um e não os outros vai ficando mais óbvia. Lugares e pessoas inacessíveis pra um passam a fazer parte da vida dos outros. Até que aquela amizade, que um dia foi tão útil, começa a ser mais inconveniente do que divertida. E as amizades não são feitas pra dar trabalho. "O Tácio? Eu gosto dele, coitado, mas o cara é foda. Não se ajuda também. Briga muito. Muita droga, não dá mais pra mim." "O cara é bad vibes; lembro dele. Por onde anda, hein?" "Faz séculos que não vejo; ouvi dizer que tá internado de novo. Esse sumiu de vez…"

Três meses antes de me espancar, o Tácio comemorou seus trinta e seis anos com uma festa pra duas mil pessoas no jardim da casa da mãe. Eu lembro daquela noite, do orgulho que ele sentia ali. Ele acreditava mesmo que tinha dois mil amigos. Era um pavão feliz.

São Paulo é uma cidade com memória curta e um entusiasmo absurdo por lugares com bebida de graça. É bem possível que ele volte a encher o jardim daquela casa daqui a alguns poucos anos. Mas eu duvido. Os últimos anos foram, aos poucos, martelando na cabeça dele a diferença entre convidado e amigo. E aquela ilusão no jardim vai continuar a assombrar o Tácio, com a imagem das penas lindas que ele achava que tinha mas que nunca foram dele de verdade. É humilhante perceber que um pavão sem penas é igualzinho a um peru Sadia.

As memórias da gente são uma coisa interessante e nem sempre aparecem em ordem cronológica. Às vezes, quando surgem lembranças de coisas distantes, completamente fora de ordem, a única maneira de distinguir qual aconteceu primeiro é olhando pro grau de degradação delas. Quanto mais degradadas as coisas estiverem, mais perto do presente aquele evento está. Porque o mundo funciona assim, como um motorzinho que, a cada volta que dá, se desgasta mais um pouco, rumo à enguiçada final.

Essa degradação pode vir de várias maneiras. A mais óbvia é a física, que fica estampada na nossa pele como ferrugem. Outras vezes ela aparece como uma degradação de valores, que fica clara na tolerância que a gente desenvolve com os malandros desse mundo, os ladrões e os covardes. Nascemos tão santinhos e tenho a impressão que vamos morrer todos uns velhos sacanas.

Às vezes também, nos casos mais raros — ou talvez nos mais comuns, não sei bem —, a degradação é da nossa fé, mesmo. Dá pra medir a distância entre nós e uma coisa que aconteceu no passado comparando o nosso nível de otimismo nos dois momentos. Quanto maior a fé num futuro melhor, mais antiga é a lembrança. Isso é triste, mas parece ser uma dessas verdades universais. Pode reparar. Velho otimista morre cedo, que nem minha vó Dettinha. Só ficam vivos os rabugentos, porque eles sabem que é assim que devem ser as coisas.

Mas as verdades universais nunca são tão universais assim. Eu acho que elas só existem pra nos provocar. Parecem falar: "Venha aqui, venha, desprove esta verdade universal se você é bom mesmo". E eu acho que consigo.

Pra resistir à degradação, não adianta se rebelar contra ela. Isso seria tão idiota quanto lutar contra a lei da gravidade. Resistir não quer dizer mudar, mas suportar. E eu acho que com os anos eu virei uma especialista nisso.

Eu comecei esse diário quando tinha vinte anos e não entendia nada sobre degradação, motores enguiçados, nem mesmo de arquitetura. Naquela época me pareceu natural usar as primeiras páginas do caderno para escrever sobre os eventos mais importantes da minha infância e adolescência. Agora que eu estou perto de completar trinta anos, acho que faz sentido terminar o diário olhando para o futuro, em vez do passado. Pode até ter alguma degradação inevitável nesse futuro. Com certeza tem. Mas eu ainda prefiro ir lá conferir do que ficar por aqui.

Daqui a um ano eu vou estar formada, trabalhando como designer de móveis pra uma loja prestigiada da alameda Gabriel Monteiro da Silva. Vou dar uma entrevista pra *Casa Vogue*. Meu namorado vai me pedir em casamento dois meses depois, numa viagem à ilha de St Barth. Nosso casamento vai ser no mesmo mês da indicação dele pra CEO da maior agência de publicidade do país. Ele vai ser capa da edição 487 da revista *Exame*.

O Tácio vai passar por mais quatro clínicas de rehab até que finalmente vai ceder à tentação e fazer, dez anos depois, uma nova festa, pra duas mil pessoas, no jardim da casa de sua mãe. Vai morrer de overdose num lavabo.

11

Mil novecentos e noventa e três foi o ano em que conheci Meredith. Por isso escolhi essa safra (não é das melhores) para o vinho da noite. Somente depois da terceira taça consegui relaxar. Essa estranha congregação de comensais não tem muitas coisas em comum, além da indisciplina com horários. Tive que começar com pouco mais da metade dos convidados presentes. Na mesa principal, um terço dos assentos permaneceram vagos até a sobremesa, incluindo o que deveria ser o lugar de honra, à minha direita.

Sempre que me sinto rejeitado lembro de Meredith, e hoje não é diferente. Me ocorreu que não fui preciso no relato sobre nosso término. Memórias distantes, mesmo as mais intensas, podem ser elusivas. Mudam rápido, como nuvens.

Estávamos num enorme gramado que nos verões fazia as vezes de praia, às margens do rio Cam. O dia era tão azul e delicado que talvez eu esteja idealizando. Mer tinha deitado no meu colo, com seus óculos escuros de acetato vermelho e uma longa trança ruiva, segurando um livro surrado de poemas do Robert Frost. *"Two roads diverged in a yellow wood/ And sorry I could not travel both.*" Um *skiff* amarelo passou ao fundo, cinco remadores em perfeita simetria. "*And looked down one as far as I could/ To where it bent in the undergrowth.*" Ela baixou o livro devagar, tirou os óculos pela primeira vez naquela manhã silenciosa, após alguns dias de discussões inconclusivas. Então eu vi olhos vermelhos me encarando. "Hong Kong tem um internato maravilhoso", ela disse. "Você será feliz lá. Já mora longe de casa mesmo. Um oceano ou dois, qual a diferença? Vamos fugidos, depois explicamos aos pais." Agora eram quatro, os olhos vermelhos. E minha voz que não vinha. Quando veio, veio como um soluço. "*I'm too scared*", eu disse. E foi só. "*Two roads diverged in a wood, and I —/ I took the one less traveled by,/ And that has made all the difference.*"

Três pessoas da minha mesa recusaram o faisão alegando "veganismo". Realmente, a tal galera fitness sempre aparece, como prometido pelo Cacá. Menos Rogerinho do Mahamudra, infelizmente. Este mandou avisar que não anda com ladrão e que eu podia enfiar meu baile inteiro no cu. Achei deselegante.

"Eu soube que você é tipo um gênio, é verdade? Quanto é quinhentos e setenta e um vezes oitocentos e oitenta e sete?", perguntou a veterinária sorridente, na outra ponta da mesa.

"Se você me responder quanto é duas vezes sete, eu te conto", respondi.

"Queria fazer um brinde ao Egydio, esse anfitrião chiquérrimo e muito generoso, que nós todos amamos! Viva!" Cacá, sempre um gentleman, salvando mais uma donzela indefesa com um brinde. Devia ser o quinto da noite.

Àquela altura o som já tinha migrado do brando Lounge Music para uma sinfonia de buzinas e pancadas secas vagamente coordenadas, conhecida como EDM, Electronic Dance Music.

Aos poucos todos se retiravam da mesa, taças de Sauternes na mão. Alguns retardatários ainda chegavam ao banquete, que rapidamente virava baile. Ou rave mesmo, como pareciam preferir meus convidados. Um deles, usando um boné de aba reta e um terno dois tamanhos menor que seu corpo, assumiu a bancada de som com uma versão remixada de "Sympathy for the Devil".

"Please allow me to introduce myself/ I'm a man of wealth and taste..." O DJ e seu boné olhavam para mim e sorriam. Fiz um pequeno meneio de cabeça, recolhi as mãos ao peito em posição de oração, e sorri de volta. Podia sentir o peso do estojo de prata no bolso. As pessoas começavam a se servir da bandeja de drogas no canto da sala. Era hora. Mas ainda faltava alguém. E talvez faltasse coragem também. *"Use all your well-learned politesse/ Or I'll lay your soul to waste..."*

Assim como esportistas de alta performance e modelos, matemáticos também se aposentam cedo. Nenhum grande trabalho matemático foi produzido por alguém com mais de quarenta anos de idade. A mente humana atrofia lentamente, mas começa cedo. E, quando se trabalha com sua capacidade máxima, a menor retração já é incapacitante.

Tenho pensado nisso conforme me aproximo dos quarenta anos. É evidente que tudo de excepcional que eu teria a produzir, já produzi. Minha janela de oportunidade para deixar uma marca no mundo se fechou cedo. Daqui para a frente, o que esperar? Ser um bom pai de família? Gestor discreto de recursos herdados? Difícil imaginar que haja mais do que isso me esperando.

Esse é, na verdade, o primeiro encontro que tenho com a morte. A morte efetiva de meu corpo e mente ainda está muito distante — salvo algum terrível acidente, não tenho planos de antecipá-la —, mas a morte da minha capacidade de produzir um legado único, essa já chegou.

Entretanto, eu ainda estou aqui. E não me conformo em *estar* sem *fazer*.

Se não posso mais construir pirâmides ou teoremas, então pelo menos que me seja permitido aperfeiçoar o trabalho daqueles que ainda podem fazê-lo, retirando do seu caminho alguns dos obstáculos mais ignóbeis e desnecessários. Se o segundo cume da pirâmide social já não me acolhe, pelo menos quero garantir que deixo o local mais limpo do que o encontrei. Como nos banheiros públicos.

Dr. Aref Jorge costumava dizer: "Você é que nem eu, Patrick Bateman, sua droga é o poder. Você se acha fodão porque mandou em meio mundo, porque prendia e mandava soltar, mas você nunca experimentou o prazer que é matar alguém. Isso sim é poder. Engenharia social na veia, meu caro. Quando você acha que alguém é um erro da genética, uma sarna no mundo, você não sabe o prazer que é poder tirar dessa pessoa o direito de existir. Embaçar seus olhos. É um tesão, cara". Acho que ele falava isso para me meter medo (esperava a noite para soltar seus monólogos macabros), mas o que conseguiu no fim foi me deixar curioso. Embora não se trate de pirâmides, pode ser algo interessante a fazer. Retirar uma peça do tabuleiro de um jogo que não é mais meu. Se funcionar, talvez tirar outras. Embaçar olhos discretamente. Metodicamente. Quando coloco dois dedos no bolso do colete e encontro o metal frio do estojo de prata, apenas aquela pequena estrutura separando minha pele de um veneno mortal, me sobe uma vertigem totalmente nova, quase sexual. Mesmo que decida não seguir adiante, ou que meu convidado de honra não apareça, ainda assim valeu a pena o esforço até aqui, porque essa é a maior excitação que sinto em vários anos.

Era disso, afinal, que Huysmans falava:

> Os instintos, as sensações, os pendores legados pela hereditariedade, despertam, determinam-se, impõem-se com imperiosa firmeza. Vêm-lhe recordações de seres e de coisas que não conheceu pessoalmente e chega o momento em que se evade da penitenciária do seu século e vagueia com toda a liberdade, numa outra época com a qual, por via de uma derradeira ilusão, parece-lhe estar bem mais de acordo.

Passei boa parte da vida acreditando em sistemas. Na minha capacidade de controlá-los, prevê-los, consertá-los. Acreditava ser possível substituir a irracionalidade e imprevisibilidade inerentes ao mundo por ordem, simetria, beleza.

Agora me pergunto se não fui apenas mais um filhote de David Hilbert, sonhando com um mundo desumanizado onde algoritmos tomam decisões e nada surpreende ninguém. Eu ainda era um adolescente quando li a refutação do Programa Hilbert e entendi a mecânica do teorema de Gödel, mas até hoje acho que nunca aceitei muito bem o que isso significa para mim e para a minha pretensa capacidade de entender o mundo.

O Teorema da Incompletude de Gödel prova que a aritmética básica funciona bem (é um sistema consistente...), mas não é racionalmente dedutível (... não é completo). Até mesmo nesse sistema que sempre me pareceu tão hermético, "uma ilha de certezas onde nenhum 'eu acho' jamais pisou", até mesmo ali, é necessário contar com a intuição humana. Essa ilha é na verdade uma farsa, sua pedra fundamental é um enorme EU ACHO.

A entropia não nos leva ao caos, ela apenas vai revelando-o aos poucos, mostrando o que sempre esteve por trás das nossas ilusões mais medíocres de símios semievoluídos, deslumbrados com nossa limitada capacidade de identificar uma ou outra causalidade mais óbvia, estupidamente chamando isso de "inteligência". A única constante verdadeira, nossa única ferramenta confiável para existir nesse mundo absurdo, é o instinto. E todo instinto é um pouco *vertigo*, um pouco afeito ao caos. *"Pleased to meet you/ Hope you guess my name..."*

Olho em volta, e meus novos amigos parecem estar sentados exatamente nos mesmos lugares em que meus antigos amigos sentavam. É como se minha vida pregressa me visitasse no presente, mas só por um instante, e a título de nada.

    CONVIDADO 1   Tácio! Finalmente! Achei que você não vinha! Seja bem-vindo. Este é o Egydio Brandor Poente.
    CONVIDADO 2   Eu conheço já, Cacá. Namoramos algumas meninas em comum.
    ANFITRIÃO   Algumas até ao mesmo tempo, acredito.

Ele riu da piada. Tinha o mesmo queixo enrugado de Meredith quando sorria.

Uma ilha

Existe uma ilha no Mediterrâneo que só é visível no verão. Ela aparece sempre em meados de junho, em algum lugar entre as ilhas Baleares e a Córsega.

Ao contrário da maioria das ilhas, cujas coordenadas resultam da interseção entre um meridiano e um paralelo, essa fica na interseção de dois paralelos promíscuos e indisciplinados. Desses que se encontram secretamente no infinito.

A ilha foi descoberta pelos romanos, que a nomearam ilha Poderia Tersidum. Com a queda do Império, passou para domínio mouro, sob o nome de ilha do E'Se. No século XVIII, sob ocupação inglesa, a chamavam de Isle of Might'ave Been.

Independente desde o começo do século XX, o território ultramarino continua a exercer fascínio no mundo todo.

Foi lá que o general Bonaparte viveu sua ensolarada aposentadoria, depois de selar a paz com russos e espanhóis e replicar o modelo parlamentarista inglês no Império francês.

Lá também viveu o grande Nicolau Romanov, o Reformador, que aboliu a servidão e introduziu a democracia na Rússia, e o papa Pio XII, delator do nazismo.

Infelizmente, apesar de todo o prestígio do lugar, nenhuma companhia aérea oferece voos para a ilha (nem mesmo fretados, eu chequei), e as companhias internacionais de navegação também se dizem incapazes de atracar em qualquer uma de suas onze baías de águas transparentes.

Não consta no Google nenhuma propaganda de resort em suas praias, e seu vulcão (inativo há décadas) não está na rota dos vulcões da National Geographic.

Também não se sabe para onde a ilha vai nos meses frios em que o mistral encrespa o Mediterrâneo e cobre os últimos topless da Riviera Francesa.

O que eu sei com certeza é que detesto as notícias que chegam de lá.

Nessa ilha, um certo Egydio Brandor Poente instalou o escritório central de sua Navegação Poente, uma empresa decadente mas muito respeitada.

Egydio é conhecido na ilha por sua cultura e integridade. Ao lado da esposa, Amélia, controla a Fundação Poente para o Avanço da Matemática, destinada à melhoria do ensino da matemática em colégios públicos, e financia diversas pesquisas na área. Os dois não são loucamente apaixonados, mas vivem em paz, numa felicidade possível e serena. Nas muitas horas vagas, dedicam-se à criação de cavalos quarto de milha. Costumam passar os fins de tarde num terraço ensolarado, sentados juntos numa chaise longue Marilu Alvorada, olhando preguiçosamente os cavalos no pasto logo abaixo e suas sombras alongadas pelo poente.

Nas noites de lua cheia, eles recebem a elite da ilha em sua magnífica Villa Eudoxia, incrustada no topo de um rochedo, ao lado de um antigo farol, há muito desativado. As festas ali são sempre à *l'ancienne*: black tie, com pirâmides de taças de champanhe e uma banda de jazz vinda diretamente de New Orleans. Até hoje, nunca choveu numa festa da Villa Eudoxia.

1ª EDIÇÃO [2020] 2 reimpressões

ESTA OBRA FOI COMPOSTA POR RAUL LOUREIRO EM ELECTRA
E IMPRESSA PELA GRÁFICA GEOGRÁFICA EM OFSETE SOBRE PAPEL PÓLEN SOFT
DA SUZANO S.A. PARA A EDITORA SCHWARCZ EM JULHO DE 2020

A marca FSC® é a garantia de que a madeira utilizada na fabricação do papel deste livro provém de florestas que foram gerenciadas de maneira ambientalmente correta, socialmente justa e economicamente viável, além de outras fontes de origem controlada.